Le notti bianche

Fëdor Mihajlovič Dostoevskij

(titolo originale: “Belye Noči” –pubblicazione 1865)

(traduzione e adattamento di Salvatore Mascaro 2023)

In copertina “Rimembranze d’autunno” di Julius von Klever 1920

Codice ISBN

Si chiama *notte bianca,* a San Pietroburgo, la vecchia Leningrado, quell'epoca dell'estate nella quale il sole tramonta verso le nove di sera e si alza verso l'una del mattino.

Forse egli era stato creato
per rimanere un solo istante
nel cuor tuo?
IVAN TURGHENIEFF

ЗАПИСКИ ИЗЪ ПОДПОЛЬЯ.

ПОВѢСТЬ

Ѳ. М. ДОСТОЕВСКАГО.

НОВОЕ ПРОСМОТРѢННОЕ ИЗДАНІЕ.

Изданіе и собственность
Ѳ. СТЕЛЛОВСКАГО,
Поставщика Его Императорскаго Величества,
Большая Морская, д. Лауферта, № 27, въ С. Петербургѣ

С. ПЕТЕРБУРГЪ.
1866.

Copertina della prima edizione russa

La chiave dei cuori

La prima notte

Notte incantevole, di quelle che si vivono solo quando si è giovani, mio gentile lettore. Il cielo era così luminoso e punteggiato da stelle che, guardandolo, non si poteva fare a meno di chiedersi: possibile che ci siano persone irascibili e cattive sotto un cielo simile? Anche questo, caro lettore, è un pensiero da giovani, della più ingenua giovinezza. Possiate avere spesso di pensieri simili. E, tornando a quei signori collerici, non ho potuto fare a meno di ricordare la nobile condotta da me tenuta durante l'intera giornata. Fin dal mattino ero come posseduto da una strana angoscia. Avevo l'impressione di essere stato abbandonato da tutti, come se tutti volessero allontanarsi da me. Giustamente avete il diritto di chiedere: chi sono questi tutti? La verità è che, pur vivendo a Pietroburgo da otto anni, non sono mai riuscito a stringere quasi nessuna conoscenza. E poi, che utilità avrebbero le conoscenze? Conosco tutta Pietroburgo: da qui la sensazione di essere stato abbandonato nel momento in cui gli altri abitanti della città se ne andarono, ognuno per suo conto, in villeggiatura. Provai un terrore autentico all'idea di restare solo e così vagai per la città, senza meta e senza sapere bene cosa mi stesse succedendo. Potevo camminare sul Njevskijj o attraversare giardini o passeggiare sul lungofiume: non incontrai nessuno dei visi che ero solito vedere in quel posto, a quella data ora, in tutti i giorni dell'anno! Quelle persone non mi conoscono, ma io conosco loro. E le conosco profondamente: ho studiato a fondo le loro fisionomie e gioisco nel vederle allegre, così come m'intristisco nel vederle malinconiche. Quasi ho stretto amicizia con un vecchietto che incontro alla Fontanka alla stessa ora di tutti i giorni che il buon Dio ci manda. Ha l'aria meditabonda, seria. Agita sempre la mano sinistra mentre nella destra impugna un bastone da passeggio con un pomello d'oro. E intanto borbotta qualcosa tra sé e sé. Sono certo che mi ha notato anche lui e che gli sono simpatico. Di sicuro sarebbe preso anche lui da una forma di malinconia non vedendomi a quell'ora, nel posto consueto. Non molto tempo fa ci è capitato di non vederci per due giorni di seguito e quando, al terzo giorno, ci siamo ritrovati alla Fontanka, per poco non ci levammo entrambi il cappello in un gesto rispettoso di saluto. Poi però, ricordandoci di non conoscerci abbastanza per lasciarci andare ad un tale gesto, ci limitammo a sorriderci, passando uno di fianco all'altro. Conosco le persone, ma anche le case. Quando cammino di fianco ad esse sembra che mi guardino con tutte le loro finestre e che mi salutino dicendo:

"buongiorno, come va? Ringraziando Dio io sto bene e a maggio mi metteranno un piano in più sulle spalle."

Oppure: "come vi va la salute? Domani inizieranno a restaurarmi." Oppure ancora: "che spavento che mi sono presa: c'è mancato poco che andassi a fuoco!" E via dicendo. Tra le case ho le mie preferite: le considero delle vere amiche. Una di esse progetta di farsi curare, la prossima estate, da un architetto conosciuto. Da parte mia mi sono impegnato a passarle accanto tutti i giorni per assicurarmi che i lavori siano fatti a regola d'arte. Mai, poi, dimenticherò l'avventura che capitò ad una graziosa casetta di pietra di colore rosa che mi guardava sempre in modo affabile, così come guardava con alterigia le sue vicine sgarbate, riempiendomi sempre il cuore di contentezza quando le passavo accanto. La scorsa settimana, giunto davanti ad essa, lei mi disse con infinita tristezza:

"sciagurati! Barbari! Vogliono dipingermi tutta di giallo."

E difatti, chi la dipinse non tralasciò nulla: né le colonne, né i cornicioni. La mia bella amica, da rosa, diventò giallo canarino. Vedendola ridotta in quello stato quasi mi venne un travaso di bile, tanto che non ebbi più il coraggio di rivedere la mia povera amica, ora che era stata sfigurata coi colori del celeste impero. Adesso capite, mio caro lettore, quanto a fondo conosca tutta Pietroburgo. Ho già detto di come, per tre giorni consecutivi, io sia stato tormentato da qualcosa che

all'inizio non riuscivo a definire. Mi sentivo a disagio sia in casa che fuori e mi chiedevo:
"questo non c'è, nemmeno quell'altro. E quell'altro ancora, dove si sarà cacciato?"
Soprattutto non riuscivo a capire perché mi sentissi inquieto nella mia stessa stanza, il mio rifugio. Osservavo, perplesso, le pareti annerite dal fumo o il soffitto da cui pendevano le ragnatele che Matrëna, la serva, coltivava con maestria. Osservavo minuziosamente i mobili, fissando lo sguardo su ogni singola sedia per vedere se il problema stava proprio lì, dal momento che se una sedia non si trova al suo posto mi sento fuori posto anch'io. Poi mi affacciai alla finestra, cercando fuori la salvezza. Ma inutilmente. Pensai perfino di chiamare Matrëna e rimproverarla per l'abbondanza di ragnatele sul soffitto e il disordine generale in cui lasciava la mia stanza: lei mi guardò perplessa, poi se ne andò senza degnarmi di una risposta o di un saluto. E così le ragnatele continuano a dondolare, più prospere che mai. Soltanto questa mattina ho finalmente scoperto la causa del mio disagio: tutti se ne sono andati in villeggiatura lasciandomi solo come un merlo. Perdonatemi l'espressione impropria, ma non sono abituato ad usare uno stile forbito. Tutta Pietroburgo era già partita per la campagna o si appressava a farlo. Ogni gentiluomo dall'aspetto posato, pronto a noleggiare in piazza una vettura, ai miei occhi era un padre di famiglia in procinto di raggiungere i suoi in una cascina dopo aver sbrigato le faccende che ancora lo tenevano occupato in città. Ogni passante sembrava aver l'aria di dire, a chiunque lo incontrasse:
"sono qui solo di passaggio perché tra poche ore raggiungerò la mia villa in campagna."
Se al vetro di una finestra tamburellavano dita sottili e si affacciava la testolina graziosa di una fanciulla a chiamare un venditore di fiori ambulante, io m'immaginavo subito che quei fiori non venissero comprati per portare la primavera in un soffocante appartamento di città, ma per abbellire il luogo di villeggiatura che si sarebbe presto raggiunto. Ma non è

tutto. In questo genere di intuizioni mi ero spinto al punto da capire, senza timore di errori, il tipo di villeggiatura di ciascuno, sulla base del solo aspetto esteriore. Chi risiedeva nelle isole Kamenvy e Aptekarsky o nella via Peterhov si distingueva per i modi ricercati, la studiata eleganza degli abiti e le belle carrozze con cui raggiungeva il centro della città. Seri e riservati erano invece gli abitanti di Pergolov, pur dotati di una naturale bontà, mentre gli isolani di Krestovskij si distinguevano per la loro gaiezza. M'imbattevo in lunghe processioni di carrettieri che, con le briglie alla mano, avanzavano pigramente davanti a carri carichi di ogni genere di mobilio, tavoli, sedie, poltrone, divani turchi e non turchi su cui spesso troneggiava una cuoca che, seduta su quel cumulo di masserizie, covava i beni del padrone come una chioccia fa con la sua nidiata. Oppure osservavo scivolare sulla Njeva o sulla Fontanka le barche cariche di oggetti domestici per raggiungere la Cërnaja Rečka o le isole: barche e carri che si moltiplicavano per cento davanti ai miei occhi per formare un'unica, lunghissima carovana. Questo continuo esodo di gente e di roba verso la campagna mi rendeva offeso, oltre che triste. Perché io non avevo nessun mezzo, né un posto da raggiungere e intanto Pietroburgo mi sembrava trasformarsi sempre più in un deserto. Ero pronto ad andarmene su di un carro qualunque, in compagnia di un qualunque signore rispettabile che avesse noleggiato una vettura. Ma nessuno, assolutamente nessuno m'invitò ed io, vedendo come tutti si fossero scordati di me, finii per sentirmi un estraneo in mezzo a loro. Camminai a lungo senza rendermi conto, come spesso mi succedeva, di dove stessi andando. Quando mi ritrovai davanti alla barriera doganale della città diventai improvvisamente allegro. Superai la barriera e attraversai i campi seminati e i prati: non provavo stanchezza, ma al contrario, mi sentivo come se un grosso peso mi stesse cadendo dall'anima. Quelli che passavano in carrozza mi guardavano con simpatia, sembravano quasi sul punto di salutarmi. Tutti erano contenti mentre fumavano i loro sigari e contento lo ero anch'io, come non mi era mai

capitato finora. Avevo quasi l'impressione di trovarmi in Italia, talmente forte era l'effetto della natura dirompente su di me, povero cittadino malaticcio e soffocato dalle mura della città. C'è qualcosa di profondamente toccante nella natura pietroburghese quando, a primavera, si mostra in tutta la forza prorompente che il cielo le ha donato, rivestendosi dei suoi mille colori. Mi fa pensare a quelle fanciullette languide e anemiche che non attirano né pietà e né attenzione, ragazze di cui nessuno si accorge e che, in un batter d'occhio, diventano incredibilmente belle. E allora, colpiti dal loro nuovo aspetto, ci si chiede:
"quale forza ha acceso un simile fuoco in quegli occhi così tristi solo un attimo fa? Cos'ha fatto rifluire il sangue su quelle pallide guance? Chi ha infuso passione in quei tratti inespressivi?"
E ancora ci si domanda:
"perché s'alza e si abbassa ritmicamente il petto della rinata fanciulla? Chi le ha dato una tale gioia di vivere da rianimare a tal punto il suo sorriso?"
Vi guardate attorno alla ricerca di qualcuno. Cercate d'indovinare, ma l'istante è già passato. Domani, osservando la ragazza, ritroverete lo stesso sguardo pensoso e assente, la rassegnazione di sempre. E forse anche il rimorso: tracce di un'angoscia mortale e rabbia e irritazione per lo smarrimento di un attimo. Vi sembrerà un peccato che quella bellezza sia durata un solo istante e proverete pena per quel brillare inutile, come un miraggio che non vi ha dato nemmeno il tempo di incominciare ad amare.
E tuttavia la notte fu assai più bella del giorno.
Andò così. Rientrai in città che era già tardi ed erano scoccate le dieci quando fui di nuovo nei pressi della mia abitazione. La mia strada costeggiava la sponda di un canale e, a quell'ora della notte, era completamente deserta. Va detto che abito in un quartiere molto periferico. Camminavo e canticchiavo, un'abitudine che credo mi accomuna a quelli che, come me, non hanno un amico o un buon conoscente con cui condividere i momenti di gioia. Quand'ecco capitarmi la

più inattesa delle avventure. Appoggiata al parapetto del canale, in disparte, c'era una donna. Coi gomiti appoggiati alla ringhiera, sembrava fissare il fluire dell'acqua torbida. Aveva il capo coperto da un grazioso cappellino giallo ed una civettuola mantellina nera sulle spalle.
Pensai: è sicuramente una giovane brunetta."
A quanto pare, non aveva udito i miei passi dal momento che non si mosse quando le passai vicino, trattenendo il respiro e col cuore che mi batteva in petto.
"Si vede che è assorta nei suoi pensieri", pensai. Ma al sentire un singhiozzo soffocato mi fermai, come impietrito. Non mi ero sbagliato: la fanciulla stava singhiozzando e, di momento in momento, i suoi singhiozzi si facevano più violenti. Provai per lei una stretta al cuore. Sono molto timido con le donne, ma quella volta mi feci coraggio. Tornai sui miei passi, mi avvicinai alla ragazza ed ero sul punto di dirle:
"signorina!" quando mi trattenni. A fermarmi fu il pensiero che questa esclamazione è tra le più abusate nei romanzi dell'alta società. Ero ancora alla ricerca di una parola più adatta quando la ragazza sembrò tornare in sé. Si raddrizzò, si ricompose e mi scivolò accanto continuando a costeggiare il fiume. Feci per seguirla e lei dovette accorgersene dal momento che attraversò la strada, andando sul lato del marciapiede. Non osai fare lo stesso, col cuore che mi batteva in petto come un uccellino in gabbia.
Fu allora che il destino mi venne in aiuto. Sul lato del marciapiede, poco lontano dalla sconosciuta, apparve un signore in frac, un uomo di una certa età, ma dall'incedere incerto. Avanzava infatti barcollando, poggiandosi al muro e dondolando la testa. La fanciulla, al contrario, procedeva col passo spedito che hanno le donne quando, di notte, non vogliono che qualcuno si offra di accompagnarle a casa. Nell'accorgersi di lei, l'uomo in frac abbandonò la sua andatura dinoccolata e si mise a correre per raggiungerla. La ragazza andava come il vento, ma quel signore, accelerando ulteriormente il passo, finì per raggiungerla. Lei allora emise un grido ed io ancora benedico la sorte per essermi portato

dietro, dalla passeggiata nei campi, l'eccellente bastone nodoso che avevo in mano. Mi affrettai a raggiungere il lato del marciapiede e quando il tizio, con un rapido calcolo, valutò bene la situazione in cui si trovava, se ne andò via senza dire nulla. Soltanto quando fu ad una certa distanza tra noi m'inveì dietro, con termini vivaci le cui parole, però, si persero nell'aria.
"Prendete il mio braccio" le dissi "e lui non avrà più il coraggio di avvicinarsi a voi."
Ancora scossa e senza dire una parola, la giovane donna passò la mano sotto il mio braccio. Ah, come ho benedetto, in quel momento, l'apparizione del signore in frac. Guardai di sfuggita la fanciulla al mio fianco: era bruna, era giovane ed era bella. Proprio come avevo intuito. Sulle sue ciglia scure brillavano ancora piccole lacrime, ma non sapevo dire se per lo spavento recente o un dolore antico. Però già sulle sue labbra sbocciava un sorriso. Mi guardò anche lei di sfuggita. Poi, arrossendo, chinò il capo.
"Vedete? Se poco fa non foste fuggita da me, questo incidente non vi sarebbe capitato."
"Ma io non vi conoscevo" si scusò prontamente la ragazza. "Credevo che anche voi…"
"E ora forse mi conoscete?"
"No, ma vi conosco già un po' di più. Ora vedo che tremate anche voi e forse ho già capito il perché."
"Oh, lo avete capito subito!" Esclamai, felicemente colpito dall'acume della ragazza e quasi trasportato dall'entusiasmo per essermi imbattuto in una giovane donna dotata di un'intelligenza sveglia, oltre che di rara bellezza.
"Sì, già dal primo sguardo avete indovinato chi avete davanti. È vero: con le donne sono timido e adesso sono agitato, non meno di quanto lo eravate voi, poco fa, quando quel signore in frac vi si è avvicinato. Ora provo paura. E al tempo stesso mi sembra di sognare, perché soltanto in sogno riesco a parlare con una donna senza provarne sgomento."
"Ma dite davvero? Com'è mai possibile?"

"Non è uno scherzo: il mio braccio trema perché non ha mai sentito la stretta di una mano piccola e graziosa come la vostra. Non sono abituato a stare con le donne e, a dirla tutta, quest'abitudine io non l'ho mai avuta. Perché, vedete, io ho sempre vissuto da solo e con le donne non so come ci si debba rivolgere. Anche ora, temo di aver detto qualche sciocchezza. Se l'ho fatto vi prego di dirmelo in tutta sincerità: non sono una persona suscettibile."
"Non avete detto nessuna sciocchezza. Al contrario, vi siete rivolto a me con parole gentili e, visto che pretendete sincerità, vi dirò che a noi donne una timidezza di questa natura ci è gradita. Piace anche a me, tanto che vi permetterò di accompagnarmi fino alla porta di casa."
Soffocando l'entusiasmo, dissi: "così però farete cessare la mia timidezza e allora addio ai miei mezzi..."
"Di quali mezzi state parlando? E a quale scopo? Ecco che avete appena pronunciato una parola infelice."
"Vi prego di scusarmi, mi è sfuggita di bocca. Ma come volete che in un momento simile non si provi il desiderio di..."
"Di piacere, forse?"
"Esattamente! Ma, per l'amor di Dio, siate indulgente con me. Ho ventisei anni e nessuna donna mi ha mai amato. Come potrei, dunque, parlare con disinvoltura e a proposito? Tuttavia ho bisogno di parlarvi: non posso più mettere a tacere il mio cuore, non adesso. Lo credereste? Mai una donna, mai. E nemmeno un amico a cui confidare le mie gioie e i miei tormenti. E tutti i giorni non faccio che sognare d'incontrare qualcuna. Se voi sapeste quante volte mi sono innamorato in questo modo, probabilmente ne ridereste."
"Ma come? Di chi?"
"Di nessuna, in concreto. Di un'ideale di donna che vedo nei miei sogni, che creo come fa uno scrittore nei suoi romanzi. Voi non mi conoscete e in verità ci sono due o tre donne che ho incontrato. Ma si possono davvero definire tali, quelle? Erano soltanto padrone di casa, nient'altro. Ora vi farò ridere, ma parecchie volte ho pensato di attaccar discorso, così, senza

cerimonie, con qualche signora della migliore società incontrata da sola per strada, si capisce. Le avrei parlato con il massimo rispetto, ma anche con decisione. Le avrei detto che, solo com'ero, mi sarei perso. Che non mi scacciasse, perché mi era necessaria la compagnia di una donna che mi amasse e finora non era mai successo. Mi sarei spinto a dirle che era dovere morale di una donna quello di non respingere le suppliche di un giovane infelice come me. Alla fine, ciò che le chiedevo erano solo due parole da sorella, due parole di compatimento. Le avrei chiesto di avere fiducia in me, di ridere pure dei miei modi se lo avesse desiderato, ma di non scacciarmi perché era necessario che mi lasciasse un po' di speranza. Sì, le avrei chiesto due parole soltanto, per poi non rivederla più. Ma ecco che ridete... Del resto, è per questo che sto parlando, per farvi..."
"Non prendetevela: rido perché, nel sentirvi, capisco che siete il nemico di voi stesso e se solo ci aveste provato, anche così, per strada, con tutta probabilità sareste riuscito nel vostro intento. Perché nessuna donna di cuore, a meno che non sia sciocca o turbata, com'ero io poco fa, vi avrebbe mai rifiutato le due parole che voi implorate. O forse vi prenderebbe per matto, chi può dirlo? Ho ragionato secondo il mio pensiero, perché conosco le cose e so come si vive al mondo."
"Vi ringrazio!" esclamai. "Voi non potete comprendere il bene che mi avete appena fatto."
"Niente complimenti, ve ne prego! Ditemi, piuttosto, cosa vi ha spinto a ritenere che io fossi una donna con la quale... Ecco, una donna, diciamo, degna di attenzione e di amicizia? Insomma, non una donna qualunque, una padrona di casa, per usare le vostre parole. Perché vi siete deciso ad avvicinarvi a me?"
"Ma perché eravate sola e perché c'era quel signore che voleva importunarvi e si era nel pieno della notte: era mio dovere difendervi."
"Ma io mi riferivo a prima, laggiù, sull'altro lato della strada. Vi eravate avvicinato a me, no?"

“Là, dalla parte del canale? Veramente non so cosa dire. Sapete, oggi mi sentivo assai felice. Camminavo e canticchiavo le canzoni che mi venivano in mente. Sono stato fuori città: c’era la campagna in fiore, gli uccellini in amore. Credetemi, mai mi ero sentito così bene come oggi. E poi, mi era sembrato… Perdonatemi se oso entrare in particolari delicati, ma passandovi accanto mi era sembrato di udirvi singhiozzare. Ed io, potevo mai ascoltarvi senza che mi si stringesse il cuore? Mio Dio, non potevo forse affliggermi per voi? Era forse peccato provare per voi una compassione fraterna? Ho detto compassione, scusatemi. Ad ogni buon conto, potevo forse offendervi perché, senza volerlo, mi è venuto in mente di avvicinarmi a voi?”

“Tacete, ve ne prego!” disse a quel punto la ragazza, abbassando gli occhi e stringendomi la mano. “Ho sbagliato a parlarvi di ciò, ma sono felice di non essermi sbagliata sul vostro conto. Ma eccomi a casa: non mi resta che svoltare per quel vicolo e fare altri due passi soltanto. Addio… E grazie.”

“Non ci rivedremo dunque più? È tutto già finito?”

“Ammiro la vostra discrezione” disse, ridendo, la ragazza. “Volevate due parole ed io ve ne ho detto tante. Ma può essere che domani ci s’incontri ancora…”

“Domani verrò qui senz’altro!” dissi, per poi aggiungere: “perdonatemi, ecco che già esigo.”

“Già, siete impaziente, quasi esigente…”

“Ascoltatemi!” la interruppi. “Perdonatemi, ma domani non posso fare a meno di venire qui. Sono un sognatore, vivo così poco nella vita reale! Di momenti come questi ne vivo così di rado che non posso fare a meno di riviverli nei miei sogni. Sognerò di voi tutta la notte, le settimane, i mesi dell’anno. Domani tornerò in questo stesso posto e alla stessa ora e, ricordando il vostro incontro, sarò felice. Questa piccola piazza mi è già cara. Ho già due o tre luoghi come questo, a Pietroburgo. In uno di questi ho pianto per un ricordo, forse com’è successo a voi. Perché anche voi, chi lo sa, forse stavate piangendo per il ricordo di qualcuno, forse in quel tratto di canale, un giorno, siete stata particolarmente felice…

Ma ecco che mi sono lasciato ancora una volta prendere la mano."

"Va bene" disse la ragazza. "Verrò anch'io qui domani, alle dieci. Vedo che ormai non posso più proibirvi di parlarmi. Ma ecco come stanno le cose: io dovrò essere qui per forza. Non crediate, quindi, che vi stia dando un appuntamento. Ma non c'è niente di male se ci sarete anche voi. In primo luogo, potrebbe ripresentarsi quel signore. Ma, a parte questo, ci tengo a rivedervi, anche per scambiare altre due parole come abbiamo fatto. Ora però non mi giudicherete male, vero? Non crediate che io dia appuntamenti con tanta leggerezza. Non l'avrei fissato se... Ma questo resterà il mio segreto! A questo punto, però, metto una condizione..."

"Un patto! Ditemi, allora, sono pronto a tutto!" dissi, in uno slancio d'entusiasmo. "Rispondo di me. Sarò ubbidiente e rispettoso: voi già mi conoscete."

"Proprio perché vi conosco" disse, ridendo, la ragazza "vi invito per domani. Ma solo a questa condizione, e vedete bene che mi fido di voi e che vi parlo con schiettezza: non innamoratevi di me. Non dovete farlo, vi assicuro che non è possibile. Sono pronta a darvi la mia amicizia: eccovi la mia mano. Ma niente innamoramenti, ve ne prego."

"Sul mio onore!" dissi, prendendole la piccola mano.

"Niente giuramenti! Lo so che siete capace di prendere fuoco come polvere. Non giudicatemi male se vi ho parlato in questo modo. Se sapeste? Nemmeno io ho un amico a cui affidarmi, anche solo per un consiglio. Certo, un consigliere non è cosa da cercarsi per strada e trovare nel primo che passa, ma voi siete un'eccezione. Mi sembra di conoscervi come se fossimo amici da vent'anni. È vero che non mi tradirete?"

"Come potrei? Soltanto non so come farò a vivere le prossime ventiquattr'ore."

"Fate un bel sonno profondo. Buona notte, allora, e ricordatevi che mi sono affidata a voi. Ma vi siete espresso così bene, un momento fa: possibile che si debba render conto di ogni sentimento, persino di una pietà fraterna? Lo avete

detto così bene che ho avuto subito il desiderio di confidarmi con voi…”
“Ma, per l’amor di Dio, di che si tratta?”
“Ve lo dirò domani. Lasciamo che questa notte resti un segreto. Sarà meglio anche per voi: da lontano avrà l’aspetto di un romanzo. Ne parleremo forse domani, ma non prima che ci saremo conosciuti meglio.”
“Quanto a me” le dissi allora, con decisione “vi racconterò tutta la mia storia. E ora ditemi: non siete contenta di non esservi arrabbiata come le altre donne e di non avermi respinto fin dal primo momento? Due minuti e avete fatto di me un uomo felice. Sì, felice per sempre, come se mi fossi riconciliato con me stesso. Come se aveste risolto i miei dubbi. Ad ogni modo, domani vi racconterò tutto.”
“Bene, accetto: comincerete voi, allora.”
“D’accordo, arrivederci…”
Così ci lasciammo. Vagai per tutta la notte: non riuscivo a decidermi a tornare a casa. Ero felice, totalmente felice. A domani!

Barca sul fiume d’inverno

La seconda notte

"Bene, visto che siamo entrambi riusciti a vivere fino a questo momento?" mi disse lei ridendo, prendendomi entrambe le mani.

"Sono qui già da due ore: non potete avere idea di come abbia trascorso la giornata."

"Sì, lo so. Ma veniamo a noi. Sapete perché sono venuta? Non certo per dire le stesse assurdità di ieri. È venuto il momento, per entrambi, di passare a cose più serie. Ho pensato a lungo a questo."

"In che cosa dovremmo essere più seri? Farò quel che vorrete, ma vi assicuro che non sono mai stato così serio come ieri notte e come questa."

"Può essere, ma vi prego di non stringere così forte le mie mani. Vi confesso che oggi ho pensato molto a voi."

"Sono contento di sentirvelo dire. E a quali conclusioni siete giunta?"

"Che, come prima cosa, bisogna riprendere tutto dall'inizio. Vedete, io non vi conosco ancora e ieri sera mi sono comportata come una sciocca fanciulla. Ho finito con l'incolpare il mio buon cuore e poi per lodarmi da sola, per i miei buoni sentimenti. Adesso, per rimediare all'errore fatto, voglio sapere tutto di voi, in ogni particolare. E poiché non c'è nessuno che possa informarmi sul vostro conto, è necessario che siate voi stesso a raccontarmi tutto da cima a fondo. Che tipo di persona siete? Non vedo l'ora di sentire la vostra storia."

"E chi vi dice che io abbia una storia di me da raccontare? Semplicemente non ce l'ho."

"Ma avete vissuto anche voi: dovete per forza averne una" m'interruppe lei, ridendo. "È impossibile che siate vissuto senza metterne assieme una."

"Invece è proprio così ed è così perché, fino a questo momento, ho vissuto solo per me stesso. Ho quindi trascorso

la mia esistenza completamente da solo: sapete cosa vuol dire questo?"
"Ma come, solo? Voi dunque non vedete mai nessuno?"
"Oh, di gente ne vedo, eppure sono solo."
"Voi dunque non parlate con nessuno?"
"In senso stretto, con nessuno."
"Ma chi siete, dunque? Su, spiegatevi. No, aspettate: voglio indovinare. Forse anche voi avete una nonna, come me. È cieca, la mia, e fino a questi ultimi tempi non mi ha mai permesso di andare in nessun posto, tanto che ho quasi perso l'abitudine di parlare. Due anni fa ho commesso una sciocchezza e da allora, vedendo che non riusciva più a trattenermi, ha unito la mia veste alla sua con uno spillo. Così, da allora, passiamo assieme le giornate. Lei fa la calza, nonostante non ci veda, mentre io le siedo accanto, a volte cucendo, più spesso leggendole un libro ad alta voce. È un fatto ben strano, essere legata ad un'altra persona per due anni da uno spillone."
"Buon Dio, che disgrazia! Ma io non ho una simile nonna."
"E se non l'avete, per quale motivo ve ne state sempre chiuso in casa?"
"Volete dunque sapere chi sono? Nel senso stretto della parola?"
"Sì, desidero saperlo."
"Ecco, io sono un tipo."
"Un tipo? Che tipo?" disse la ragazza, mettendosi poi a ridere forte, quasi che non lo avesse fatto per un anno intero. Poi, calmandosi, continuò: "con voi davvero c'è da stare allegri. Ma ecco laggiù una panchina, sediamoci. Qui non passa nessuno, così che nessuno ci potrà ascoltare. Su, dunque, la vostra storia. Anche se volete convincermi del contrario, lo so che avete una storia che state cercando di nascondermi. Prima, però, spiegatemi: che cos'è un tipo?"
"Un tipo è un uomo originale, originale e ridicolo." Scoppiai allora anch'io a ridere, sedotto dal suo riso infantile. "Un tipo è un carattere. Ma voi lo sapete cosa sia un sognatore?"

"Come si fa a non saperlo? Lo sono anch'io, se è per questo. Una sognatrice. Sapete quante cose mi passano per la testa le ore in cui sono di fianco a mia nonna? Quando le sto seduta accanto inizio a sognare e i sogni mi portano parecchio lontano, a sposare un principe cinese, ad esempio. Sono solo chimere, scherzi della fantasia, ma sognare è un bene. Solo che a volte, Dio lo sa, non si può perché c'è altro a cui pensare."
Così dicendo, la ragazza si fece ad un tratto seria.
"Splendido! Se mi dite che una volta siete andata in sposa ad un principe cinese allora so di avere tutta la vostra comprensione. Ma, permettete: io non conosco ancora il vostro nome."
"Finalmente! Non vi sembra un po' troppo presto per chiedermelo?"
"Buon Dio, non mi è venuto in mente di chiedervelo, davvero non ci ho pensato, forse perché ero già così felice…"
"Mi chiamo Nàstjenka"
"E poi?"
"Non vi basta, uomo incontentabile?"
"Mi è più che sufficiente: Nàs-tjen-ka."
E dopo averlo sillabato aggiunsi: "siete sempre stata la mia Nàstjenka, fin dal primo momento."
"Vedete, dunque. E allora?"
"Allora, Nàstjenka, vi racconterò la mia risibile storia."
Mi sedetti accanto a lei e, assumendo un atteggiamento pedante, mi accinsi a parlare come se stessi leggendo un libro stampato.
"Dovete sapere che ci sono a Pietroburgo degli strani cantucci, anche se forse non ve ne siete mai resa conto. Il sole che illumina gli altri angoli e gli altri abitanti di Pietroburgo sembra che lì non arrivi, o che vi arrivi con una luce diversa. Lì, mia cara Nàstjenka, si agita una vita completamente diversa da quella del nostro tempo e di questa nostra città, così seria. Una vita quale potrebbe esistere in un modo di fiaba, un regno arabesco lontanissimo da noi. Ebbene, questa vita è un miscuglio di cose puramente fantastiche, di ardenti

ideali, ma anche di cose incolori e banali, per non dire meschine."

"Oh Signore, che preambolo! Che cosa, dunque, mi toccherà sentire?"

"Sentirete, Nàstjenka (credo che non mi stancherò mai di chiamarvi con questo dolce nome), che in quei cantucci di Pietroburgo vivono strani esseri: i sognatori. Il sognatore, se proprio lo si deve definire, non è un uomo o una donna, ma un genere neutro. Il più delle volte vive in un'ombra perpetua, come se rifuggisse la luce del sole. Allora si rintana tra i muri della sua casa, aderendo al suo angolo come fa la chiocciola col suo guscio o, meglio, si fa tutt'uno con la sua casa, come quell'altro interessante animale che è la tartaruga. E perché credete che egli ami così tanto le sue quattro pareti dipinte immancabilmente di verdi, fuligginose, ricamate da ragnatele e annerite dal tabacco in maniera incredibile? Perché quando viene a fargli visita uno dei suoi sempre più rari conoscenti (razza destinata a sparire), questo ridicolo padrone di casa lo accoglie con aria imbarazzata, come se tra quelle mura fosse stato commesso un delitto, come se stesse fabbricando monete false, o come se avesse spedito versi ad una rivista scrivendo però di averlo fatto per far pubblicare gli scritti di un suo grande amico e poeta già morto? Perché mai, Nàstjenka, ditemelo voi, è così difficile la conversazione tra quei due? Perché l'inatteso ospite, giunto all'improvviso, non riesce a trovare una parola gaia? Perché non ride? Lui che pure, in altre circostanze, ha dimostrato di saper apprezzare le battute di spirito e i discorsi sul bel sesso e gli altri argomenti. Ora, quell'amico conosciuto da poco ed alla sua prima ed ultima visita (perché di sicuro non ce ne sarà una seconda), ora, dicevo, quell'amico è turbato, bloccato, e a nulla gli giova il suo spirito mentre osserva l'espressione sconvolta del padrone di casa. Questi, a sua volta, ha finito con lo smarrirsi del tutto, ha perso completamente la bussola ed è sfinito, dopo gli sforzi titanici, ma inutili, fatti per mostrare che conosce le regole della società civile, che sa intavolare un discorso e che è in grado di accogliere in casa la gente, come

quel poveretto capitato fuori luogo e venuto a fargli visita per sbaglio. E perché, infine, il visitatore recupera il cappello e se ne va in tutta fretta, ricordandosi all'improvviso di un affare urgente da sbrigare e che non è mai esistito? Perché si svincola dalla stretta calorosa del padrone di casa, il quale, sinceramente pentito, cerca in tutti i modi di rimediare alla scortesia di prima? Perché, una volta in strada, l'amico si lascia andare ad una risata giurando a se stesso che non metterà mai più piede nella casa di quel bravo, ma singolare ragazzo? E perché ora non gli riesce di scacciare dalla mente il pensiero bizzarro di aver paragonato l'amico, per tutta la durata della sua visita, ad uno di quei gattini sventurati che dei monelli hanno maltrattato e spaventato in tutti i modi tanto che, per salvarsi, si è rifugiato sotto una sedia e se ne sta lì da ore, al buio, a lisciarsi il pelo con le zampine e a guardare con occhi ostili persino la porzioncina di avanzi del padrone, messa da parte per lui da una donna di servizio di buon cuore?"
"Sentite" lo interruppe allora Nàstjenka, che per tutto il tempo lo aveva ascoltato paziente, sgranando gli occhi ed aprendo la piccola bocca in un muto stupore. "Non comprendo la ragione di quest'esordio e non capisco perché rivolgiate proprio a me domande così buie. Ma so per certo che queste cose sono capitate proprio a voi, dalla prima all'ultima.
"Senza dubbio" risposi io, con aria seria.
"Se è così continuate, perché voglio proprio sapere com'è andata a finire."
"Nàstjenka, voi volete dunque sapere che cosa faceva nel suo angoletto il nostro eroe o, per meglio dire, io? Dal momento che sono io il protagonista della storia. Volete sapere perché mi sono così smarrito per l'inattesa visita di un amico? Perché ero così agitato quando ho aperto la porta per farlo entrare? Perché l'ho ricevuto così male e sono stato infine schiacciato sotto il peso della mia inospitalità?"
"Ma sì, sì. Di questo si tratta. Sentite: voi raccontate in modo meraviglioso, ma non potreste raccontare tutto con termini più semplici? Parlate come se aveste un libro davanti a voi."

"Nàstjenka" risposi con voce grave, trattenendomi a stento dal ridere. "So di usare parole ricercate, ma credetemi, ora non potrei parlarvi diversamente. Ora somiglio allo spirito del re Salomone che ha vissuto mille anni in un otre chiuso da sette sigilli e ad un tratto i sigilli furono tutti spezzati. Ora, Nàstjenka cara, ci siamo incontrati di nuovo dopo una lunga separazione, perché io vi conoscevo già da tanto tempo, Nàstjenka, perché già da un pezzo ero alla ricerca di qualcuno e questo qualcuno siete voi: così ha voluto il destino che ci ha fatti incontrare. Nella mia testa si sono aperte mille valvole ed io devo abbandonarmi a questo fiume di parole, altrimenti finirò per soffocare. Vi prego, dunque, di non interrompermi e di ascoltare con calma. Oppure ordinatemi di tacere."
"No, mai! Parlate: non dirò più una parola."
"C'è nella mia giornata, amica mia, un'ora che mi è particolarmente cara. È quella in cui tutti gli impegni, i doveri e gli affari d'ufficio finiscono. Quella in cui tutti si affrettano per raggiungere le loro case e riposare sul divano. E quando sono ancora in strada si possono vedere mentre inventano programmi allegri per la sera, la notte e tutto il tempo che hanno ancora a disposizione. A quell'ora anche il nostro eroe (scusatemi se parlo in terza persona, ma ho ancora troppa vergogna a usare la prima), anche lui con i suoi impegni svolti, cammina per strada assieme agli altri. Il suo viso, benché pallido e affaticato, è però illuminato da una particolare espressione di piacere. Egli guarda, con occhi non indifferenti, l'aurora della sera che si stende lentamente sul cielo freddo di Pietroburgo. Quando dico *guarda* in realtà mento: egli non guarda, ma contempla senza accorgersene, troppo esausto o troppo preso dai suoi impegni per poter, anche solo di sfuggita, preoccuparsi di quanto lo circonda. È contento perché ha terminato i suoi doveri del giorno e fino al giorno successivo non dovrà più pensarci, è contento come può esserlo uno scolaretto al quale è stato concesso di allontanarsi dal banco per abbandonarsi ai suoi giochi ed alle sue monellerie. Guardatelo, Nàstjenka, e vi accorgerete che un sentimento gioioso ha già agito beneficamente sui suoi

nervi deboli e sulla sua fantasia morbosamente eccitata. Chiedetevi, ora, a quale pensiero si stia abbandonando. Forse al pranzo che l'attende? O alla serata che sta per giungere? E cosa guarda? Forse quel signore, dall'aspetto rispettabile, che così elegantemente si è inchinato alla dama che gli è passata vicino su di una carrozza trainata da due cavalli di razza? No, Nàstjenka, ora lui ha per la testa ben altro che simili amenità. Ora egli è ricco di una sua vita particolare. Ricco di una nuova vita interiore e gli ultimi raggi del sole morente non hanno brillato invano davanti ai suoi occhi, scaldandogli il cuore con un intero sciame di emozioni. Egli, ora, fa appena caso a quella strada dove soltanto un'ora prima bastava un nonnulla per attirare la sua attenzione. Ora la *dea della fantasia* (se avete letto Zukovkij, cara Nàstjenka) ha già cominciato a tessere, con le sue dita capricciose, la tela dalla trama d'oro e ha cominciato a stendergli, davanti, gli arabeschi di una vita fantastica, irreale. E, chissà, con quella stessa mano capricciosa lo ha già trasportato dal solido marciapiede di granito, sul quale cammina per tornare a casa, al settimo cielo, il *cielo di cristallo*. Provate ora a fermarlo, a chiedergli dove si trovi o quali vie abbia attraversato per giungere fino a qui. Egli non se lo ricorderà! Non saprà dov'è stato, dov'è ora e dov'è diretto. Allora arrossirà per essere stato colto in fallo e sarà anche disposto a dirvi una menzogna per salvare le apparenze. Ecco perché è trasalito in quel modo e si è messo quasi a gridare quando una vecchina, una rispettabile signora, gli ha chiesto indicazioni per raggiungere quella data via, essendosi smarrita. Col volto arcigno egli, più che mai cupo, continuerà per la sua strada, accorgendosi appena dei passanti che si sono voltati ad osservarlo sorridendo, e di quella ragazzetta che, prima timorosa, si è allontanata da lui con sgomento e ora è tornata sui suoi passi, scoppiando a ridere dopo aver visto il suo sorriso estatico e i gesti delle sue mani. È la stessa *dea della fantasia* che trasporta nel suo volo festoso la vecchietta e i passanti curiosi, la ragazzetta che ride e i contadini che mangiano sui loro barconi che sbarrano la Fontanka, supponendo che sia proprio sulla riva di quel fiume sta passando il nostro eroe. La dea, come una monella, ha invischiato tutti nel suo canovaccio, come mosche in una ragnatela ed il suo ultimo acquisto, l'uomo singolare, torna, senza nemmeno accorgersene, nella sua confortevole e piccola tana. Senza accorgersene ha terminato da un pezzo il suo pranzo e non ritorna in sé se non dopo che Matrëna, la sua serva sempre cupa e pensosa, non sparecchia la tavola e gli porge la pipa. Solo allora si chiede, stupito, quando ha pranzato e con cosa. Fuori annotta e anche nella sua anima scende il buio. Diventa triste: tutto il suo castello di sogni crolla senza far rumore e senza lasciare traccia di sé. Il mondo che è andato costruendosi è evaporato come in un sogno ed egli ora non ricorda più nemmeno cosa ha sognato. Ed ecco che una nuova e oscura sensazione gli fa dolere e palpitare il cuore. Qualcosa agita la sua fantasia, tentandola e attirando ad essa un nuovo sciame di fantasmi. Nella piccola stanza regna il silenzio: la solitudine e la pigrizia cullano la sua fantasia fino a farla ribollire, come l'acqua nella caffettiera che la vecchia Matrëna, affaccendata in cucina, ha messo sul fuoco per preparare il caffè da servire. Ecco quella sensazione farsi strada, eruttando come l'acqua ed ecco che il libro, preso senza motivo, scivola dalle mani del nostro sognatore che non è arrivato nemmeno alla terza pagina. La sua immaginazione è di nuovo al lavoro ed ecco aprirsi davanti ai suoi occhi un nuovo mondo, una nuova vita in tutta la sua affascinante prospettiva. Una nuova fantasia, una nuova felicità: egli ha ingoiato, in altre parole, un nuovo sorso di quel veleno raffinato e dolcissimo che si chiama sogno. Che cosa gli può importare, adesso, di quella che noi chiamiamo vita reale? Per il suo sguardo sedotto la nostra esistenza, la mia e la vostra, cara Nàstjenka, appare una vita lenta, grigia. Ai suoi occhi noi siamo scontenti del nostro destino, tanto da languirne. E in verità, se osservate bene, tutto è freddo attorno a noi, cupo, quasi ostile. 'Povera gente' pensa il mio sognatore. E non meravigliamoci se la pensi così. Ah, se solo poteste intravedere le magiche visioni che, in modo così affascinante e capriccioso, appaiono dinnanzi a lui, in un quadro animato in cui, in primo piano, in una purezza di linee, spicca in tutta la sua preziosa persona il nostro sognatore. Vedreste avventure diverse e sciami di sogni da farvi andare in estasi! Forse vi chiedereste: ma che cosa sogna? Sogna di tutto. Sogna il destino del poeta, dapprima sconosciuto e poi venerato. Sogna la sua predilezione per Hoffman. Sogna la notte di San Bartolomeo. Diana Vernon e gli eroismi di Ivàn Vassìlevič nella presa di Kazàn. Klara Mowbry e Jeffia Dens. Huss davanti al concilio dei prelati e la resurrezione dei morti nel *Roberto* (ne ricordate la musica? Ha odore di terra umida di cimitero). Sogna Minna e Brenda e la battaglia di Berezina. Sogna la lettura di un poema romantico nella casa della contessa V.D. Sogna Danton, *Cleopatra e i suoi amanti*, sogna *La casetta di Colomna*. E infine sogna il suo angolino ed una graziosa creatura che, accanto a lui, lo ascolta nelle lunghe sere invernali, con la boccuccia aperta e gli occhietti spalancati. Proprio come voi, mio piccolo angelo, state ascoltando me. No, Nàstjenka, cosa ci può essere per lui, sognatore indolente, in questa vita reale che voi ed io desideriamo tanto? Egli pensa che questa vita è povera e meschina, ma nello stesso tempo gli sorge il sospetto che per lui, forse, verrà giorno in cui suonerà un'ora triste, e sarà quando preferirà dare tutti i suoi anni di sogni per un bel giorno di questa vita meschina ch'egli è costretto a vivere: li darebbe non per la gioia, non per la felicità, ma per quest'ora di pentimento e di libero dolore. Ma ancora non è giunta quell'ora minacciosa ed egli non desidera nulla perché è al di sopra di ogni desiderio, è un re e possiede tutto, è l'artefice della sua stessa vita e la ricrea nel tempo a suo piacimento, seguendo ogni volta un nuovo capriccio. E con quanta facilità, con quanta naturalezza si viene creando questo mondo di fiaba! E tutto questo sarebbe solo una chimera? Ci sono momenti in cui davvero è convinto che tutte queste cose non siano frutto solo di un'eccitazione dei sensi, un miraggio, un inganno dell'immaginazione, ma che sia la vita vera, reale. Ditemi, Nàstjenka, perché in quei momenti il suo spirito si sente oppresso tanto da mancargli il respiro? E gli si accelera il battito e gli sgorgano lacrime dagli occhi? Perché avvampano le sue guance umide, ardono le sue pupille ed egli è rapito, d'un tratto, da un'ineffabile sensazione che invade tutta la sua esistenza? Perché notti intere e insonni passano velocemente trasformandosi in attimi inestinguibili di pura felicità? Perché, quando l'aurora illuminerà coi suoi raggi rosei le vetrate dei palazzi e l'alba rischiarerà con la sua luce ambigua e fantastica, come accade da noi a Pietroburgo, la tetra stanza del nostro sognatore, perché questi si getterà sul letto, stanco e distrutto, e si addormenterà con l'animo intorpidito e scosso dall'estasi e con un dolore dolce e sordo nel cuore? Sì, Nàstjenka, a vederlo in tale stato ci si potrebbe ingannare e credere, senza volerlo, che una passione autentica gli agiti l'anima, che ci sia qualcosa o qualcuno di vivo e tangibile dietro i suoi sogni incorporei. Niente di più ingannevole! L'amore è sceso nel suo cuore con tutta la sua indicibile gioia e i suoi dolorosi tormenti. Guardatelo, Nàstjenka, e ditemi se potete affermare con certezza che egli non abbia davvero mai conosciuto colei che ha tanto amato nelle sue fantasie. Possibile che l'abbia vista soltanto tra fantasmi seducenti? Possibile che quella passione l'abbia davvero soltanto sognata? Possibile che non abbiano davvero passato insieme, fianco a fianco, tanti anni della loro vita, mano nella mano, loro due soltanto, ignorando il resto dell'universo e fondendo i loro due mondi, le loro due vite? E non è forse lei che, a tarda ora, giunto il momento del distacco, si abbandonò singhiozzante e disperata sul suo petto, senza sentire la tempesta che si stava scatenando sotto il cielo cupo, senza udire il vento che le strappava via le lacrime dalle ciglia nere portandole lontano? Possibile che tutto ciò sia stato soltanto un sogno? Un sogno anche quel giardino malinconico e abbandonato, coi sentieri inselvatichiti ricoperti da ciottoli e da muschio, su cui hanno passeggiato assieme, sofferto, sperato, il giardino solitario e tetro dove hanno sofferto di nostalgia e si sono amati a lungo e teneramente? E quella casa antica e strana dove lei ha vissuto per così tanto tempo, in malinconia e solitudine, accanto ad un vecchio e cupo marito, sempre accigliato e burbero, che li spaventava come bambini tanto da indurli a nascondere il loro reciproco amore? Come si tormentavano! Quanta angoscia nei loro cuori innocenti e puri e quanta malvagità (questo si sa, Nàstjenka) negli uomini. E, buon Dio, non è forse lei che egli ha incontrato in seguito, in un luogo lontano dalle rive della sua patria, sotto un cielo straniero e caldo del sud, in una città meravigliosa ed eterna, nello sfolgorio di un ballo, al suono di una musica, in un palazzo annegato in un mare scintillante, su quel balcone rinfrescato e profumato dal mirto e dalle rose? Lì lei lo aveva riconosciuto e, gettata via la maschera dal volto, aveva mormorato: 'sono libera' e, tremante, gli si era gettata tra le braccia. Nell'estasi del momento, si erano stretti l'una all'altra, col cuore impazzito di gioia, dimenticando, in un attimo, il dolore della separazione, la casa antica, il vecchio cupo, il giardino abbandonato nella patria lontana e la panchina di pietra sulla quale, dopo un ultimo bacio appassionato, lei si era strappata dalle sue braccia con un gemito disperato. Oh, Nàstjenka, converrete allora con me che c'è da sobbalzare dalla sedia ed arrossire come uno scolaretto che ha in tasca una mela rubata dal giardino dei vicini quando un giovane ben piantato, allegro e chiacchierone, l'amico inatteso, bussa alla vostra porta gridando: 'fratello mio, arrivo adesso da Pavlovsk!' Dio mio! Il vecchio conte è morto, la felicità insperata sta per piombarti addosso ed ecco che proprio in quel momento c'è gente che arriva da Pavlovsk..."

Tacqui pateticamente, mettendo termine alla mia storia. Ricordo che avevo una voglia irrefrenabile di scoppiare a ridere, perché sentivo agitarsi in me un diavoletto maligno, qualcosa di ostile che mi stringeva alla gola. Il mio mento iniziava a sussultare e gli occhi s'inumidivano sempre di più... Aspettavo che Nàstjenka, che per tutto il tempo della mia storia, era rimasta a fissarmi coi suoi occhi attoniti e intelligenti, scoppiasse in quella sua fanciullesca e irrefrenabile risata. Già mi ero pentito di essermi spinto così lontano e di aver raccontato invano ciò che da tempo ribolliva

nel mio cuore, tutte le sensazioni che ero in grado di descrivere come se le leggessi su dei fogli stampati, tanto era il tempo speso a preparare la mia sentenza che ora non potevo fare a meno di leggerla fino in fondo, sebbene, lo confesso, senza speranza di essere compreso. Con mia meraviglia lei restava in silenzio. Poi, chinandosi leggermente in avanti e stringendomi con dolcezza la mano, mi chiese, piena di sollecitudine:
"possibile che abbiate vissuto così tutta la vita?"
"Tutta la vita, Nàstjenka." risposi "Tutta la mia vita e, probabilmente, così sarà fino alla fine."
"No!" gridò lei, agitata. "Questo non accadrà: io stessa, forse, passerò così tutta la vita, accanto a mia nonna. Lo capite anche voi che non è affatto bello vivere una vita così."
"Lo so, Nàstjenka, lo so!" gridai, ormai incapace di tenere a freno i miei sentimenti. "E ora, più che mai, sento di aver sprecato i miei anni migliori. Ora lo so, e questa consapevolezza mi fa sentire maggiormente il peso della perdita, ora che Dio vi ha mandata a me, mio buon angelo, per dirmelo e farmelo comprendere. Ora che vi siedo accanto e parlo con voi, il futuro mi sembra strano e mi è terribile il pensarci: perché in esso non vi vedo che solitudine, il trascinarsi stanco di un'esistenza inutile. Di cosa potrò ancora sognare se la realtà, vicino a voi, è stata così felice? Che voi siate per sempre benedetta, cara fanciulla, per non avermi respinto la prima volta, così ora posso dire di aver almeno vissuto due sere nella mia vita."
"No!" esclamò con impeto Nàstjenka, mentre due grosse lacrime le facevano brillare gli occhi. "Non ci separeremo in questo modo: che cosa sono mai due sere?"
"Oh, Nàstjenka, Nàstjenka! Sapete che mi avete fatto riconciliare con me stesso e per tanto tempo? Sapete che ormai non sarò più costretto a pensar male di me, come mi accadeva in certi momenti? Sapete che non proverò più l'angoscia di aver commesso un delitto e un peccato nella mia vita? Perché una vita simile, non è forse un delitto e un peccato viverla? E non crediate che esageri in alcun modo.

No, Nàstjenka, per l'amor di Dio, non dovete crederlo! Perché passo di quei momenti così angosciosi... In quei momenti comincio a pensare che non sarò mai capace di vivere una vita reale, mi sembra di aver perso ogni sensibilità, la facoltà di distinguere ciò che è vero da ciò che non lo è. E mi maledico perché, dopo le mie notti piene di fantasie, subentrano dei momenti di ritorno alla realtà che sono orribili! Al tempo stesso avverto attorno a me la folla rumoreggiare ed agitarsi nel turbine della vita: sento, vedo come vive la gente, come vivono gli uomini nella realtà. Capisco che per loro la vita non è proibita o circoscritta, che non si dissolve come in un sogno, come un miraggio, ma che si rinnova di continuo restando eternamente giovane, perché nessun'ora è uguale alle altre che l'hanno preceduta. La mia fantasia, al contrario, è triste, monotona fino alla nausea, schiava di un'ombra, di un'idea, della prima nuvola che offusca improvvisamente il sole, quel sole a cui tiene tanto ogni cuore pietroburghese. E che tipo di fantasia ci può mai essere nell'angoscia a cui è costretta? Alla fine quest'inesauribile fantasia si esaurisce, stanca di questa continua tensione. Così si cresce e ci si sbarazza degli ideali di prima, che cadono in mille pezzi e si fanno polvere. Ma se non hai un'altra vita ti tocca ricostruirla con quei frammenti. L'anima implora chiedendo nuove cose. E il sognatore fruga invano tra le ceneri delle sue vecchie fantasie, cercandovi un po' di brace da attizzare e trasformare in un nuovo fuoco che possa scaldare il suo cuore intirizzito. Un fuoco rinnovato per ritrovarvi tutto ciò che aveva di così caro, tutto ciò che lo commuoveva, che gli faceva ribollire il sangue, piangere gli occhi e gli ingannava l'anima toccandolo con tanta magnificenza. Sapete, Nàstjenka, fino a che punto sono arrivato? Che sono ormai costretto a celebrare l'anniversario delle mie sensazioni, l'anniversario di ciò che un tempo mi fu così caro, ma che non è mai esistito, l'anniversario per sogni incorporei, e devo farlo perché di questi stupidi sogni immateriali non ho più che il ricordo e non so più con cosa alimentarli: giacché anche i sogni se ne vanno via! Ora, a date fisse, mi piace ricordare e visitare quei luoghi dove un tempo fui felice, costruendo il mio presente in accordo con un passato senza ritorno. Vago come un'ombra, senza meta e senza motivo, triste e malinconico, per i vicoli e le strade di Pietroburgo. Quanti ricordi! Mi sovviene, per esempio, che proprio qui, giusto un anno fa, in questa stagione, camminavo su questo stesso marciapiede, solitario e sconsolato, come adesso. Mi ricordo che anche allora i sogni erano mesti e che la vita non era più lieve di adesso, e pure mi sembrava che vivere fosse più semplice e tranquillo, senza questi neri pensieri che ti serrano nella loro morsa, questi rimorsi tetri e foschi che non mi danno riposo, né di giorno né di notte. Mi domando: 'dove sono andati i tuoi sogni?' E dico, scuotendo la testa: 'come volano veloci gli anni.' E ancora mi chiedo: 'che cosa ne hai fatto di questi anni? Dove hai seppellito il tuo tempo migliore? Hai vissuto oppure no?' E a me stesso dico: 'guarda come nel mondo tutto si fa freddo. Passeranno ancora altri anni e con essi altra cupa solitudine, poi, sulle sue grucce, una vacillante vecchiaia e, infine, angoscia e desolazione. Il tuo mondo di fantasia si farà sempre più pallido, intristiranno e appassiranno i tuoi sogni, disperdendosi come foglie gialle d'autunno.' Oh, Nàstjenka! Come sarà triste restare solo, completamente solo, senza avere nulla da rimpiangere, perché tutto ciò che avrò perso, ciò che mi sarà portato via, non era nulla, uno stupido, tondo zero, soltanto un sogno!"

"Basta! Non scuotete ancora oltre la mia pietà!" gridò Nàstjenka, asciugandosi una lacrima. "Ora è finita: saremo in due e qualsiasi cosa accadrà resteremo assieme. Ascoltate. Io non sono che una ragazza semplice, con pochi studi, sebbene mia nonna mi abbia affidato ad un maestro, pagandolo per me. Però vi capisco, perché tutto ciò che avete raccontato io l'ho vissuto quando mia nonna mi ha appuntato con uno spillo alle sue vesti. L'ho provato su di me, solo non sarei capace di dirlo come avete fatto voi, non avendo studiato."

Poi, continuando timidamente, forse messa in soggezione dal mio racconto patetico e dal mio stile, aggiunse: "sono

davvero felice che vi siate confidato così con me. Adesso posso dire di conoscervi, di conoscervi interamente. E sapete? Voglio anch'io raccontarvi la mia storia, senza sotterfugi e senza nascondere nulla. Dopo vi chiederò un consiglio. Voi che siete un uomo intelligente, promettete di darmi il vostro consiglio?"
"Ah, Nàstjenka." risposi "non ho mai dato buoni consigli e, men che meno, consigli intelligenti. Eppure credo che, stando così assieme, faremo di certo bene e ognuno potrà dare all'altro dei saggi consigli. Allora, mia bella Nàstjenka, di quale consiglio avete bisogno? Ditemelo subito! Mi sento così felice, audace e ben disposto che non avrò di certo bisogno di frugare nelle tasche per trovare le giuste parole da dirvi."
"Oh no!" disse lei, ridendo "Non mi occorre un consiglio intelligente, ma uno di quelli dati col cuore, un consiglio amorevole e fraterno, come se avessi il vostro amore da una vita."
"D'accordo." esclamai con entusiasmo. "Anche se vi amassi da vent'anni non potrei mai amarvi più di adesso."
"La vostra mano" disse Nàstjenka.
"Eccola!" dissi io, dandole la mano.
"Cominciamo allora la mia storia..."

Foresta d'estate

La storia di Nàstjenka

"Voi metà della mia storia la conoscete già. Sapete dunque che ho una vecchia nonna..."
"Davvero, se l'altra metà è lunga come quella che ho già ascoltato..." la interruppi, ridendo.
"Ascoltatemi ora. Prima di tutto, un patto: non interrompetemi, perché mi smarrirei e non riuscirei più ad andare avanti. Restate in silenzio e sentite. Ho una vecchia nonna. Giunsi da lei che ero ancora bambina, avendo perduto padre e madre. C'è da ritenere che, un tempo, la nonna fosse più ricca, dal momento che non smette di parlarmi di tempi migliori. Mi insegnò il francese, per poi affidarmi ad un maestro. A quindici anni (ora ne ho diciassette) abbandonai gli studi. Fu in quel periodo che feci qualcosa di cui vi dirò in seguito: per ora vi basti sapere che non fu una colpa grave. Ad ogni modo, un bel mattino, la nonna mi chiamò a sé dicendomi che, essendo cieca, non aveva più modo di sorvegliarmi. Prese allora uno spillone e appuntò assieme le nostre vesti, dicendomi che saremmo restate così tutta la vita se, s'intende, non fossi cambiata. Ai primi tempi non riuscivo in alcun modo ad allontanarmi: lavoravo, leggevo, studiavo, sempre accanto a mia nonna. Una volta tentai di batterla in astuzia convincendo Fëkla a prendere il mio posto. Fëkla è la nostra donna di servizio ed è sorda. Fu così che quando mia nonna si addormentò sulla poltrona lei mi sostituì ed io me ne andai a trovare un'amica che abitava poco lontano da noi. La faccenda però finì male. La nonna si svegliò che non ero ancora rientrata e, credendomi sempre accanto a lei, chiese qualcosa. Fëkla che è sorda, ma ci vede benissimo, si era accorta che la nonna stava parlando, ma non era riuscita a capire cosa volesse. Meditò a lungo su quel che le conveniva fare e alla fine, pensa e ripensa, quella che fa? Si leva lo spillone e scappa via..."

Qui Nàstjenka s'interruppe, scoppiando a ridere. Quando però mi misi anch'io a ridere, lei si fermò di colpo.
"Non ridete di mia nonna, ve ne prego. Io rido perché mi rendo conto che la cosa è buffa: ma che ci posso fare se ho una nonna fatta in questo modo? Nonostante tutto, sappiate che un po' di bene io gliene ho sempre voluto. Ma quella volata ebbi il fatto mio: lei mi rimise al mio posto e in un modo che non mi fu più possibile muovermi. Mi sono dimenticata di dirvi che abbiamo, o meglio, che la nonna ha una casa, una casetta piccola con tre finestre in tutto, interamente di legno e con tanti anni addosso quanti ne deve avere la stessa nonna. Sopra c'è un mezzanino ed è proprio qui che venne a vivere da noi un nuovo inquilino..."
"Dunque, prima, ce n'era stato un altro?" osservai di sfuggita.
"Certo" rispose lei "e sapeva tacere molto meglio di voi. A dirla tutta, muoveva appena la lingua. Era un vecchietto rinsecchito, muto, cieco e zoppo. Alla fine, poiché gli era diventato impossibile restare al mondo in quel modo, morì. Fu necessario, a quel punto, trovarne uno nuovo che lo sostituisse: un inquilino ci era necessario per continuare ad andare avanti dal momento che il suo affitto, unito alla pensione della nonna, erano le uniche due entrate che avevamo. Il nostro inquilino, neanche a farlo apposta, era un giovanotto di passaggio, un forestiero. Poiché non mercanteggiò, la nonna si affrettò ad accoglierlo. Poi, però, mi chiese: 'Dimmi, Nàstjenka, il nuovo inquilino è giovane, vero?' Non volevo mentirle e così le risposi: 'nonna, non è proprio un giovanotto, ma non è nemmeno vecchio.' Lei a quel punto disse: 'ed è di bell'aspetto?' Volli continuare nella mia sincerità e così le dissi: 'sì, nonna, è di aspetto piacevole e simpatico.' A quel punto la nonna esclamò: 'ah, che castigo, che castigo! Io, nipotina, dico questo per te, affinché tu non lo guardi. Ma che tempi sono mai questi? Eccoti un inquilino meschino e giovane e che si permette pure di essere simpatico! Ah, non era così un tempo...' La nonna non faceva che riandare col pensiero ai tempi passati: ai suoi tempi era più giovane, il sole scaldava di più e la panna non

inacidiva così presto. Tutto ai suoi tempi! Io siedo e resto in silenzio, ma mi dico: che cosa vuole dunque mettermi in testa mia nonna, chiedendomi se il nuovo inquilino è giovane e bello? Poi però, dopo questo pensiero fatto di sfuggita, mi misi a ricontar le maglie, a lavorare di calza e a dimenticarmi di tutto. Ed ecco che un bel mattino l'inquilino viene da noi, accennando alla promessa che la nonna gli aveva fatto a proposito di cambiare la carta da parati nella sua stanza. Parlando e chiacchierando, la nonna a un tratto mi dice: 'Nàstjenka, va' a prendermi la tavola per contare che è in camera mia.' Mi alzai di scatto ed arrossii di colpo: mi ero completamente dimenticata di essere attaccata a mia nonna con lo spillo e così, invece di sciogliermi piano da lei, affinché l'inquilino non se ne accorgesse, diedi uno strattone tale da spostare la poltrona su cui era seduta la nonna. Quando capii che l'inquilino ormai sapeva tutto, rimasi come inchiodata, tutta rossa in viso, e improvvisamente scoppiai in pianto. Tanta era la vergogna e l'amarezza che non avrei voluto più riaprire gli occhi. La nonna mi gridò: 'perché te ne stai qui impalata?' E io allora giù a piangere ancora più forte. Vedendomi piangere e vergognarmi in questo modo, l'inquilino si affrettò a salutare e ad andare via. Da allora, non appena sentivo un rumore nel pianerottolo di casa, sbiancavo. 'Ecco' pensavo 'ora viene'. E ad ogni buon conto, piano piano, staccavo lo spillo. Ma non era mai lui: ormai non veniva più. Passarono due settimane. Poi, un giorno, l'inquilino mandò a dire, per mezzo di Fëkla, che disponeva di molti libri francesi, tutti belli da leggere: non desiderava la nonna, forse, che io glieli leggessi per scacciar via la noia? La nonna accetto con gratitudine, ma volle prima informarsi se fossero libri morali o meno. 'Perché se fossero libri immorali' mi disse 'tu non potresti assolutamente leggerli, perché non impareresti che il male.' 'Che cosa imparerei, nonna? Cosa c'è scritto in quei libri?' Mi rispose: 'ebbene, c'è scritto come i giovanotti seducono le fanciulle perbene, come, con il pretesto di volerle sposare, le conducono via dalla casa paterna per poi abbandonare queste sventurate in balia del destino, così che esse terminano la loro esistenza nel modo più doloroso. Io' continuò la nonna 'ne ho letti molti di quei libretti: sono scritti così bene che ti tengono sveglia la notte per leggerli di nascosto e vedere ogni volta come va a finire. Tu, però, Nàstjenka, bada di non leggerli. E adesso dimmi: che libri ci ha mandato?' 'Sono tutti romanzi di Walter Scott, nonna.' 'Romanzi di Walter Scott? Via, ci sarà di certo sotto un imbroglio. Controlla che non abbia piazzato tra le pagine un qualche biglietto amoroso.' 'Nessun biglietto, nonna.' 'Guarda anche sotto la rilegatura: a volte questi briganti scrivono pure lì…' 'Nessuna scritta: niente nemmeno sotto la rilegatura.' 'Beh, allora va bene…' E fu così che iniziammo a leggere i libri di Walter Scott, tanto che in un solo mese ne finimmo quasi la metà. L'inquilino ce ne fece arrivare altri, ed altri ancora. Ci mandò anche Puškin. Da allora smisi di fantasticare sul mio principe cinese e mi ritrovai a non poter più fare a meno dei libri. Le cose stavano messe in questo modo quando mi capitò d'incontrarmi per le scale con il nostro inquilino. La nonna mi aveva mandato fuori per non so più quale faccenda da sbrigare. Lui si fermò. Io arrossii e lo fece anche lui. Poi però mi sorrise e mi salutò. S'informò prima sulle condizioni di salute di mia nonna e poi mi chiese: 'avete letto i libri che vi ho mandato?' 'Sì, li ho letti.' 'Quale vi è piaciuto di più?' '*Ivanhoe* e le opere di Puškin sono quelle che ho più apprezzato.' E per quella volta finì così. Lo incontrai di nuovo la settimana successiva, sempre sulle scale. Questa volta non mi aveva mandata fuori la nonna, ma io stessa ero uscita per delle cose che mi occorrevano. Erano quasi le tre e a quell'ora l'inquilino era solito rincasare. 'Buongiorno!' mi disse. Io risposi al saluto. Poi lui continuò in questi modi: 'ma non vi annoiate a stare tutto il giorno chiusa in casa con la nonna?' Dopo che me lo chiese arrossii di colpo, restando come pietrificata. Al tempo stesso mi sentii offesa, dal momento che anche altri avevano iniziato a farmi di simili domande. Avrei voluto lasciarlo lì sulle scale, senza dargli una risposta, ma non ne fui capace. 'Sentite' continuò allora lui 'scusate se vi parlo in questo modo, ma vi reputo una dolce ragazza e, credetemi, vi assicuro che desidero soltanto il vostro bene, più, forse, della vostra stessa nonna. Non avete nessuna amica a cui poter far visita?' Gli risposi che sì, ne avevo una, Mascenka, ma era andata via da Pietroburgo per raggiungere dei parenti a Pavlovsk. 'E dite' aggiunse 'non vorreste venire con me a teatro?' 'A teatro? E come faccio con la nonna?' 'Potreste venire di nascosto' suggerì lui. 'No, non voglio ingannare la nonna. Addio.' 'Addio, allora' disse lui. Ci lasciammo così. Dopo pranzo, però, venne da noi e si sedette. Parlò a lungo con la nonna, chiedendole se ogni tanto uscisse e se avesse dei conoscenti. E d'un tratto aggiunse: 'oggi ho prenotato un palco per l'opera. Danno *Il Barbiere di Siviglia*: dovevo andarci con dei conoscenti, ma all'ultimo essi hanno cambiato idea e così mi è rimasto il biglietto per il palco.' '*Il Barbiere di Siviglia*!' Esclamò mia nonna. 'Ma è lo stesso *Barbiere* che davano ai miei tempi?' 'Proprio lo stesso' disse l'inquilino e mi guardò. Allora capii e il cuore mi prese a battere per l'emozione. 'Come si fa a non conoscerlo?' Disse la nonna. 'Mi ricordo che ai miei tempi facevo la parte di Rosina nel teatro di casa.' 'E non vorreste venirci stasera?' Chiese l'inquilino. 'Altrimenti il biglietto andrebbe sprecato.' 'Potremmo anche venirci, perché no? La mia Nàstjenka non è mai stata a teatro.' Dio mio, quale gioia! Subito ci preparammo e uscimmo. Mia nonna non poteva vedere, ma desiderava tanto ascoltare della musica e poi, tutto sommato, è una buona vecchietta: voleva che mi svagassi anch'io un po' e a teatro, da sole, non ci saremmo mai potute andare. Non vi dirò l'impressione che ebbe su di me quell'opera del *Barbiere*. Il nostro inquilino passò la serata a guardarmi teneramente e a parlarmi con grazia. Capii allora che quella mattina aveva voluto mettermi alla prova, proponendomi di andar da sola con lui. La cosa mi colmò di gioia e a sera tardi, quando rincasammo, ero così felice e fiera di me che il cuore mi prese a battere tanto e per tutta la notte ebbi un po' di febbre, pensando al *Barbiere di Siviglia* e a come si era svolta la serata. A quel punto credevo che sarebbe venuto più spesso a trovarci. Niente di più lontano. Smise quasi di venire del tutto. Si faceva vedere una sola volta al mese, sempre per invitarci a teatro. Ci andammo ancora un paio di volte. Ma non ero affatto contenta. Mi convinsi che la sua, nei miei confronti, era solo compassione nel vedermi trascorrere l'esistenza in questo modo, sempre accanto a mia nonna. Le cose, col tempo, non fecero che peggiorare. Non riuscivo più a starmene seduta, né a leggere o a lavorare. A volte ridevo e facevo dei dispetti alla nonna, ma più spesso piangevo. Cominciai così a dimagrire e poco mancò che non mi ammalassi. E quando la stagione delle opere finì l'inquilino cessò, semplicemente, di venire da noi. Quando ci incontravamo, sempre sulle scale, lui mi salutava in modo così serio e senza una parola di più che alla fine lui era già in fondo alle scale ed io sempre lì, sul gradino, rossa come una ciliegia, perché ormai il sangue mi fluiva alla testa, quando mi capitava di incontrarlo. Ed eccoci giunti alla fine. Lo scorso anno, nel mese di maggio, il nostro inquilino venne da noi per informare la nonna che i suoi affari qui erano conclusi e che, per un anno, sarebbe dovuto andare a Mosca. Al sentire le sue parole impallidii, abbandonandomi sulla sedia. La nonna non si accorse di nulla ed egli, dopo averle detto che ci lasciava, ci salutò e se ne andò. Cosa potevo fare? Più pensavo alla mia situazione e più mi angosciavo. Ma alla fine presi la mia decisione. Lui sarebbe partito l'indomani, così decisi che avrei agito quella sera stessa, dopo che la nonna se ne fosse andata a dormire. Così avvenne. Raccolsi il coraggio a due mani e, dopo aver avvolto in un pacchetto i miei vestiti e la biancheria, con quel fagottino stretto al petto, più morta che viva, salii verso la stanzetta del nostro inquilino. Credo di essere rimasta un'ora intera su quelle scale. Quando aprii la porta, lui gettò un grido nel vedermi: mi aveva scambiato per un fantasma e, davvero, dovevo essere così pallida in volto che si affrettò a darmi dell'acqua per farmi rinvenire. Mi reggevo a stento, il cuore mi batteva all'impazzata ed avevo la mente offuscata. Quando mi riebbi, posai il fagotto sul suo letto e mi ci sedetti vicina, prima di coprirmi il viso con le

mani, in un pianto a dirotto. A quanto pareva, lui aveva capito tutto in un attimo ed ora mi guardava con occhi così tristi da straziarmi il cuore. 'Ascoltate, Nàstjenka' cominciò. 'Non posso fare nulla. Non ho niente, sono povero e al momento non ho neppure un impiego fisso. Che ne sarebbe di noi se vi sposassi? Come faremmo a vivere?' Parlammo ancora a lungo, ma io ero ormai fuori di me. In preda alla mia frenesia dissi che non potevo più vivere con la nonna, che sarei scappata di casa perché non ne potevo più di essere attaccata in quel modo alle sue vesti. Volevo fuggire da lei, il più lontano possibile ed ero pronta ad andare assieme a lui a Mosca perché, senza di lui, per me non c'era più vita. Vergogna, amore, orgoglio: tutto parlava in me in quel momento e per poco non caddi in preda alle convulsioni, tanta era la paura di un rifiuto. Lui restò in silenzio e seduto per alcuni minuti. Poi si avvicinò a me, prendendomi la mano. 'Mia cara Nàstjenka' cominciò, anche lui tra le lacrime. 'Se un giorno avrò mai la possibilità di prender moglie, vi assicuro che sarete voi, voi soltanto, a fare la mia felicità. Ascoltate: andrò a Mosca e vi resterò un anno, il tempo che mi è necessario per riuscire a mettere a posto i miei affari. Quando tornerò, se voi mi amerete ancora, vi prometto che saremo felici. Ora mi è impossibile, non sono nelle condizioni di promettervi nulla. Ma, ve lo ripeto: se non sarà tra un anno, accadrà sicuramente un giorno. A meno che voi non abbiate nel frattempo preferito un altro a me, perché non posso e non oso legarvi a me con una promessa.' Questo fu quanto mi disse. Il giorno dopo partì per Mosca, come aveva annunciato. Restammo d'accordo di non dire nulla alla nonna. Così volle lui. Ed ecco che la mia storia volge al termine: è trascorso un anno esatto, lui è arrivato da tre giorni e ancora, ancora…"
"Ancora cosa?" Esclamai, impaziente di sentire la fine.
"E ancora non si è fatto vedere!" disse Nàstjenka, come raccogliendo le sue forze. "Tre giorni e non si è fatto vivo in nessun modo."

Qui tacque, abbassò la testa e, coprendosi il volto con le mani, scoppiò in singhiozzi. Nel mio cuore sentivo riecheggiare il suo pianto: non mi ero aspettato un finale così.
"Nàstjenka!" cominciai con voce timida, ma cercando di essere il più convincente possibile. "Per l'amor di Dio, non piangete. Come fate ad essere così sicura che sia davvero arrivato? Forse non è ancora qui..."
"È qui!" replicò lei. "Lo so. C'è stato un patto, tra noi, quella sera, alla vigilia della sua partenza. Dopo esserci detti ciò che vi ho raccontato, siamo usciti a passeggiare, proprio qui, lungo il fiume. Erano le dieci quando sedemmo qui, su questa stessa panchina. Io avevo smesso di piangere: era così dolce starlo ad ascoltare... Mi disse che, appena tornato, sarebbe subito corso da me. A quel punto, se io lo avessi ancora voluto, avremmo detto tutto alla nonna. Ebbene, lui ora è tornato, io lo so! Ma non è ancora venuto, non viene..."
E qui scoppiò di nuovo in pianto.
"Dio, mio, ma non c'è un modo per lenire il vostro dolore?" esclamai, balzando in piedi. "Forse, Nàstjenka, potrei andare da lui e parlargli..."
"Sarebbe forse possibile?" rispose lei, sollevando la testa e mostrandomi il viso rigato di lacrime.
"No" convenni, ripensandoci. "Ma ecco, forse potreste scrivergli una lettera."
"No, non è possibile!" rispose lei, risoluta, ma chinando il capo e senza guardarmi.
"Ma come non si può? Perché vi è impossibile?" continuai, deciso a sostenere la mia idea. "Sapete a che tipo di lettera sto pensando? Ah, Nàstjenka, ci sono lettere e lettere. È così, non vi darò un cattivo consiglio. Fidatevi di me. Tutto si aggiusterà. Già avete fatto il primo passo, parlandomene. Perché mai dunque ora..."
"Non è possibile, vi dico: sarebbe come se io volessi aggrapparmi a lui."
"Ah, mia buona Nàstjenka!" la interruppi, senza nasconderle un sorriso. "Voi siete nel vostro pieno diritto perché, in un qualche modo, lui si è impegnato con voi. Da quanto mi avete

detto vedo che è un uomo sensibile e che ha agito bene." continuai, pieno d'entusiasmo per la logicità delle mie deduzioni e convincimenti. "Sì, lui in qualche modo si è legato a voi con una promessa, dicendovi che se mai fosse stato nelle condizioni di prender moglie avrebbe sposato e fatto felice voi e voi soltanto. E a voi ha lasciato piena libertà, anche di tirarvi indietro, alla fine, con un rifiuto. Per come stanno le cose voi avete quindi il diritto, ora, di fare il primo passo: potreste decidere, ad esempio, per via della posizione di superiorità in cui vi trovate, di scioglierlo dalla promessa fatta."

"Ditemi, voi come scrivereste?"

"Che cosa?"

"Ma questa lettera!"

"Ecco, inizierei in questo modo: *gentile signore...*"

"È proprio necessario questo *gentile signore*?"

"Assolutamente! Io credo che…"

"Va bene! Su, andiamo avanti…"

"*Gentile signore, scusate se…* Ma via, non c'è bisogno di scuse. Il fatto in sé giustifica tutto per cui scriverei semplicemente: *perdonate l'impazienza, ma per un intero lungo anno ho sperato e sono stata felice in questa speranza. Sono dunque colpevole se adesso non mi riesce di sopportare nemmeno un giorno di dubbio? Forse, ora che siete tornato, avete mutato le vostre intenzioni. Se così fosse, sappiate che in questa mia lettera non ci sono né recriminazioni né accuse. Perché non vi posso incolpare di non avere potere sul vostro cuore. Se così dev'essere, accetto il mio destino. Solo, ricordatevi che questa lettera vi giunge da una povera fanciulla senza guida né consigli e che, essa stessa, non riesce a venire a capo dei suoi sentimenti. Voi che siete un uomo d'onore non sorridete e non irritatevi per queste mie righe impazienti. Voi certamente, col vostro buon cuore, non potete essere in grado di offendere, neanche solo con il pensiero, colei che vi ha tanto amato e che ancora vi ama.*"

"Sì, ma sì! È proprio come l'avevo pensata!" esclamò Nàstjenka, e dalla gioia le brillavano gli occhi. "Davvero

avete sciolto i miei dubbi. Dio di certo vi ha mandato a me: grazie e ancora grazie!"
"E per cosa? Perché il buon Dio mi ha mandato a voi?" le risposi, guardando sempre più estasiato il suo visetto gioioso.
"Sì, per tutto questo."
"Oh, Nàstjenka! Si può ringraziare qualcuno anche solo perché vive con voi. Io adesso vi ringrazio perché mi avete incontrato e perché vi porterò per sempre nel mio cuore, ricordandomi di voi tutta la vita."
"Ora basta ed ascoltate: il nostro patto stabiliva che appena sarebbe tornato avrebbe dato notizie di sé lasciando per me una lettera presso certi miei conoscenti, gente onesta e alla buona e che non sa nulla di tutto questo. Nel caso, poi, gli fosse stato impossibile scrivermi, perché non sempre si possono affidare le proprie parole ad una lettera, lo stesso patto stabiliva che egli sarebbe venuto qui, alle dieci precise, lo stesso giorno del suo arrivo. Questo è il posto dove avevamo stabilito d'incontrarci. Ora lui è arrivato, di questo ne sono certa, eppure siamo al terzo giorno e non si vede né lui né la lettera. Poiché non mi è possibile allontanarmi da mia nonna, la mattina, sarete voi stesso a consegnare la mia lettera a quelle brave persone di cui vi ho parlato. Loro gliela daranno e, se ci sarà una sua risposta, me la porterete voi stesso alle dieci di sera."
"D'accordo. Ma la lettera? È necessario che prima la scriviate e a quel punto potrete avere la vostra risposta dopodomani."
"Sì, la lettera. Ma la lettera, la lettera..." smise di parlare, voltando il capo dall'altra parte. Poi mi accorsi che si era fatta rossa in viso e a quel punto mi ritrovai in mano una lettera che lei, evidentemente, aveva scritto da tempo, già bella pronta e sigillata. Mi venne in mente una graziosa strofetta e iniziai a intonarla. Faceva *ro-ro, si-si, na-na*... "Rosina!" ci mettemmo a cantare assieme e per poco non l'abbracciai per l'entusiasmo. Si era davvero fatta rossa come una rosa. Arrossiva e rideva tra le lacrime che, come piccole perle, le tremolavano sotto le ciglia nere.

"Basta, ora" disse lei, parlando in tutta fretta. "Eccovi la lettera ed ecco anche l'indirizzo dove portarla. Addio, allora, e a domani!"
Mi strinse forte tutt'e due le mani, chinò il capo in un cenno di saluto e poi, come una freccia, sparì nel suo vicolo. Io restai a lungo sul posto, guardando nella direzione da cui era sparita. In testa riecheggiava il suo saluto: "a domani!"

Rimembranze d'autunno

Paesaggio lacustre

La terza notte

Oggi è stata una giornata triste, piovosa, senza un raggio di luce, come la vecchiaia che mi attende. Nella mente mi si affollano strani pensieri, oscuri presentimenti. Sono oppresso da problemi e domande a cui non so dare risposta, perché non ho la forza di affrontarli né la voglia di risolverli. Non spetta a me farlo! Oggi non ci vedremo. Ieri, quando ci siamo lasciati, le nuvole cominciavano ad addensarsi, oscurando il cielo. Stava salendo la nebbia. Le dissi che domani avrebbe fatto brutto tempo. Lei non rispose, per non contraddirmi. Perché questo, per lei, è un giorno luminoso e chiaro: nemmeno una nuvola potrà turbare la sua felicità.
"Non ci vedremo, se pioverà" disse lei. "Non verrò."
Pensavo che non si sarebbe nemmeno accorta della pioggia di oggi. Invece non è venuta. Ieri c'è stato il nostro terzo incontro, la nostra terza notte bianca... Oh, come la gioia e la felicità possono rendere bella una persona! Come palpita il suo cuore innamorato! Sembra quasi che egli voglia riversare il suo cuore in quello di un altro e che tutto sia allegro, che tutto rida e splenda. E com'è contagiosa questa gioia! Ieri, nelle parole di lei, c'era tanta tenerezza, tanta bontà verso di me. Com'era incantevole, come vezzeggiava e inteneriva il mio cuore, carezzandolo e straziandolo a un tempo. La felicità la rendeva civettuola ed io... Io prendevo tutto per moneta sonante. Credevo che lei... Mio Dio! Come ho potuto crederlo? Davvero sono stato così cieco da non vedere che tutto era già stato preso da un altro e nulla era destinato a me? Tutta la sua tenerezza, la sua sollecitudine e sì, il suo stesso amore per me, cos'altro era se non il riflesso della gioia per il suo prossimo incontro con l'altro? Cos'era se non il desiderio di farmi partecipe della sua felicità? Quando lui non si presentò, dopo che lo aspettammo a lungo, invano, lei si accigliò, si scoraggiò e si smarrì d'animo. Le sue parole e i suoi stessi gesti divennero meno spontanei, meno leggeri. E

allora, stranamente, lei raddoppiò le sue premure nei miei confronti, quasi che, istintivamente, desiderasse riversare su di me le sue aspettative e la paura che fossero destinate a non realizzarsi. La mia cara Nàstjenka si scoraggiò e allora sembrò che avesse finalmente compreso il mio amore per lei e ne provasse compassione. Così, quando siamo infelici, avvertiamo più facilmente l'infelicità che ci circonda: il dolore è un sentimento che non si diluisce, ma si concentra. Feci ancora più fatica a sopportare l'attesa dell'incontro e quando mi recai da lei avevo il cuore che mi scoppiava. Non avevo però previsto tutto quello che avrei dovuto provare, non presentivo che tutto sarebbe finito in ben altro modo. Lei era giunta un'ora prima di me ed era raggiante. Aspettava fiduciosa la risposta. E la risposta era lui stesso. Lui che sarebbe venuto, accorso al richiamo di lei. Già nel vedermi arrivare si mise a ridere. All'inizio rideva di tutto, di ogni mia parola. Così, dopo aver detto qualcosa, tacqui.
"Sapete perché oggi sono così felice?" disse "Sapete perché oggi sento di volervi ancora più bene?"
"Perché?" le chiesi, e il mio cuore ebbe un fremito.
"Vi voglio così bene perché non vi siete innamorato di me. Un altro, al vostro posto, mi avrebbe reso inquieta con le sue insistenze. Avrebbe incominciato a importunarmi con i suoi sospiri, le sue lamentele, si sarebbe forse ammalato. Voi, invece, siete così caro!"
E mi strinse la mano con tale forza che per poco non mandai un grido. Lei tornò a ridere. Poi, diventando seria, disse:
"Dio, che buon amico siete. È proprio vero, è stato Dio che vi ha mandato. Che ne sarebbe di me se voi ora non mi foste vicino? Come siete disinteressato! E in che modo sapete volermi bene! Quando lo sposerò noi due saremo più che amici, anche più che fratelli: vi vorrò bene quasi quanto ne vorrò a lui..."
In quell'istante mi cadde addosso una tristezza infinita. Pure, nel mio animo, sentivo agitarsi qualcosa che somigliava al riso.

"Voi siete in preda ad un'agitazione febbrile" le dissi. "Avete paura: temete che egli non verrà."
"Dio vi protegga!" mi rispose. "Se fossi stata meno felice mi sarei di certo messa a piangere per la vostra mancanza di fiducia e per i vostri rimproveri. Ecco che mi avete appena dato un argomento su cui dovrò meditare a lungo. Ma questo a suo tempo, più avanti. Ora devo ammettere che siete nel vero. Sì, non sono in me: sono tutta presa dall'attesa e vedo tutto semplice, prendo le cose con eccessiva leggerezza... Ma via, basta ora con i sentimenti!"
Si erano infatti sentiti dei passi e, dall'oscurità, emerse un passante che si stava avvicinando a noi. Trasalimmo. Poco mancò che lei si mettesse a gridare. Io lasciai andare la sua mano e feci un gesto, come per allontanarmi. Ma ci eravamo sbagliati: non era lui.
"Che cosa avete da temere? Perché abbandonate la mia mano?" mi chiese lei, porgendomela di nuovo. "Ecco, gli andremo incontro insieme: voglio che lui veda l'affetto che ci lega."
"L'affetto che ci lega?" esclamai. "Ah, Nàstjenka, Nàstjenka!" pensavo. "Quante cose esprimono le tue parole! Per un amore così, queste sono parole che gettano freddo al cuore ed incupiscono l'anima rendendola pesante. La tua mano è gelida, così come la mia arde nel fuoco. Come sei cieca, Nàstjenka! E come può essere insopportabile, in certi momenti, una persona felice! Ma io non ho nulla per potermi adirare con te..."
Alla fine il mio cuore, ormai troppo gonfio, traboccò.
"Ascoltatemi, Nàstjenka!" gridai. "Sapete cos'ho fatto tutto il giorno?"
"Cosa? Raccontate. Perché non ne avete parlato finora?"
"Ebbene, Nàstjenka, per prima cosa ho eseguito le vostre commissioni: ho dunque consegnato la lettera a quelle brave persone. Poi sono rincasato e mi sono messo a letto."
"Tutto qui?" m'interruppe lei, ridendo.
"Sì, poco di più" risposi, facendomi forza, perché già mi sentivo gli occhi inumidirsi di stupide lacrime. "Mi sono

svegliato un'ora prima del nostro appuntamento. Eppure avevo la sensazione di non aver dormito affatto. Non capivo cosa mi stesse accadendo. Sono venuto qui con la ferma intenzione di raccontarvi tutto: di come il tempo, per me, si sia fermato. Di come provi una sola sensazione, un unico sentimento destinato a dilatarsi all'infinito, a restare con me per l'eternità. Mi sono svegliato con nelle orecchie un motivo musicale, un suono conosciuto da tempo, udito in qualche luogo, un motivo dimenticato e dolcissimo. Mi è sembrato che da tutta una vita abbia cercato di farsi strada nel mio animo e soltanto adesso..."
"Ah, mio Dio!" m'interruppe Nàstjenka. "Che cosa volete dirmi? Non vi capisco..."
"Nàstjenka, volevo solo confidarvi questa strana sensazione..." continuai, ma con voce lamentosa, vedendo le mie speranze affievolirsi.
"Basta così!" esclamò Nàstjenka.
In un attimo aveva indovinato. Diventò di colpo ciarliera, allegra, scherzosa. Mi prese sottobraccio. Si mise a ridere e voleva che lo facessi anch'io. Ad ogni mia parola, carica di turbamento, faceva eco una sua risata. La cosa m'indispettì alquanto. Poi però, sempre in tono civettuolo, mi disse:
"ascoltate. Devo dirvi che da un lato mi sento un po' offesa che non vi siate innamorato di me. Provate davvero a capire un uomo! Però, signor inflessibile, non potete non lodare la mia semplicità e il fatto che sia stata così semplice. Io vi dico tutto, ma proprio tutto quello che mi passa per la testa..."
Ma io quello che capivo era che in questo momento non voleva ascoltare i miei sentimenti. Allora le dissi, sentendo risuonare i rintocchi precisi provenienti da una torre lontana della città:
"devono essere le undici."
Lei smise di colpo di ridere e prese a contare quei rintocchi regolari.
"Sì, sono le undici."
Ora la sua voce era timida e incerta. Mi pentii subito di averla spaventata, di averla costretta a contare le ore e mi

rimproverai aspramente per quell'atto di cattiveria. Provai tristezza per lei, non sapendo come rimediare all'errore commesso. Cercai di consolarla, cercando ragioni per l'assenza di lui, adducendo le scuse più diverse. D'altra parte, nessuno si prestava ad essere ingannato meglio di lei, in quel momento. Del resto ognuno, in momenti simili, accoglie con gioia qualsiasi conforto ed è contento se trova anche solo l'ombra di una giustificazione.
"È proprio buffo" cominciai, sempre più animandomi ed ammirando la straordinaria chiarezza delle prove che adducevo "che noi stiamo ad aspettarlo qui, in questo momento. Come sarebbe potuto venire? Mi avete indotto a condividere il vostro inganno, Nàstjenka, facendomi perdere la nozione del tempo. Pensateci: forse egli ha potuto ricevere la vostra lettera soltanto adesso. Poniamo poi che non sia potuto venire e che vi abbia scritto. A quel punto la sua lettera non vi arriverà che domani. Appena sarà giorno prometto di andare a ritirarla e a farvi sapere subito qualcosa. Ci sono da considerare infinite possibilità: poniamo, ad esempio, che non fosse in casa quando è arrivata la lettera e che, quindi, non l'abbia ancora letta. Vedete che possono essere accadute tante cose..."
"Sì, sì!" rispose Nàstjenka "Non ci avevo nemmeno pensato. Ma, davvero, tutto può succedere" continuò, con voce rasserenata, nella quale però si avvertiva, come una spiacevole dissonanza, un pensiero diverso. "Ecco che cosa farete" proseguì: "andrete da lui domani, il più presto possibile, e se verrete a capo di qualcosa me lo farete sapere subito. Sapete dove abito, vero?"
E mi ripeté il suo indirizzo. A quel punto diventò più affettuosa con me, quasi timida... Sembrava che ascoltasse con attenzione quanto le andavo dicendo, ma quando le feci non so quale domanda, lei tacque, turbata, voltando lo sguardo altrove. La guardai negli occhi: ed ecco che piangeva di nuovo.
"Ma via, è mai possibile? Che bambina che siete! Insomma, basta ora con le lacrime..."

Cercò di sorridere e di calmarsi, ma il mento le tremava e il petto ansimava ancora.
"Penso a voi" mi disse, dopo un minuto di silenzio. "Voi, che siete così buono con me. Sarei di pietra se non lo sentissi. E sapete che pensiero ho fatto? Ho fatto un confronto tra voi e lui. Perché lui non è voi? Perché non è come siete voi? Lui è peggiore di voi. Pure io lo amo di più."
Non risposi nulla. Lei forse era in attesa di una mia parola. Poi continuò:
"naturalmente, io forse non lo comprendo del tutto, dal momento che non lo conosco a fondo. Sapete, è come se ne avessi avuto sempre timore. Egli era sempre così serio, come se fosse orgoglioso di sé. Certo, io so che è così soltanto in apparenza, che nel suo cuore c'è ancora più tenerezza di quanta ce ne sia nel mio... Rammento ancora il suo sguardo quando io, ricordate, mi presentai nella sua stanza col mio fagottino. Forse provo per lui troppo rispetto, qualcosa che rasenta la soggezione e questo m'impedisce di mettermi alla pari con lui."
"No, Nàstjenka, no" le risposi "questo vuol dire solo che lo amate più di ogni altra cosa al mondo, anche più d voi stessa."
"Poniamo che sia così" rispose ingenuamente Nàstjenka "ma sapete ora che cosa mi è venuto in mente? Adesso non parlo di lui, ma in generale, riflettendo su cose che, in realtà, mi erano già passate per la testa. Ditemi, perché noi tutti non ci comportiamo come fratelli tra fratelli? Perché anche la migliore persona su questo mondo sembra nascondere e tacere qualcosa all'altro? Perché non si riesce a dire subito ciò che si ha nel cuore, quando si è sicuri che le nostre parole non sono state affidate al vento? Ed ecco che invece ognuno cerca di apparire più austero di quanto non sia in realtà, come se temesse di fare un torto ai propri sentimenti rivelandoli così presto..."
"Ah, Nàstjenka! Voi dite il vero. Ma non è senza motivo che questo accade" la interruppi, nascondendo io stesso, in quel momento, i miei sentimenti.

"No, no!" Rispose lei, con voce commossa. "Voi, ad esempio, non siete come gli altri. Non so proprio spiegarvi quello che sento, ma mi sembra che voi, proprio adesso... Ecco, che voi stiate sacrificando qualcosa per me." aggiunse timida, guardandomi di sfuggita. "Perdonatemi se vi parlo in questo modo: sono una ragazza semplice che sa ancora poco del mondo e a volte non riesce ad esprimersi" disse con voce tremante, cercando, al tempo stesso, di sorridere "ma ecco, volevo solo dirvi che vi sono molto grata, che anch'io sento tutto questo. Oh, che Dio vi conceda la felicità che meritate! Quello che mi raccontaste allora del vostro sognatore non è assolutamente vero o, per meglio dire, non ha niente a che vedere con voi. Voi siete sulla via della guarigione, siete una persona completamente diversa da come vi siete descritta. Se un giorno amerete una donna, che Dio vi conceda la felicità assieme a lei. A quella donna non mi sento di augurare nulla, perché già so che sarà felice assieme a voi. Io lo so: sono una donna e se vi parlo in questo modo dovete credermi..."
Tacque, stringendomi forte la mano. Io non riuscivo a dire nulla: la commozione m'impediva di parlare. Passarono alcuni minuti.
"È evidente che oggi non verrà" disse lei, sollevando il capo. "È tardi, ormai..."
"Verrà senz'altro domani" dissi io, con voce rassicurante.
"Sì" aggiunse lei, tornando allegra. "Penso anch'io che verrà domani. Allora arrivederci e a domani. Se pioverà non ci sarò. Ma dopodomani sarò qui senz'altro. Ci sarò, qualunque cosa accada. Venite: voglio vedervi e raccontarvi ogni cosa."
Quando ci congedammo mi diede la mano e mi disse, guardandomi con quegli occhi sereni:
"ora staremo sempre assieme, non è vero?"
Ah, Nàstjenka, Nàstjenka! Se tu solo sapessi in che solitudine mi trovo adesso!
Il giorno dopo, alle nove di sera, non riuscendo più a starmene rinchiuso nella mia stanza, mi vestii e uscii, nonostante il cattivo tempo. Giunto sul posto mi sedetti sulla nostra panchina. Poi mi avviai verso il suo vicolo e una volta

lì, a due passi dalla sua casa, mi vergognai e tornai sui miei passi, senza neanche uno sguardo alle finestre. A quel punto rientrai nella mia stanza, in preda ad uno stato d'angoscia quale non avevo mai provato prima. Che tempo umido e uggioso! Se solo fosse stato bello mi sarei messo a camminare tutta la notte. Ma domani, domani! Domani lei mi racconterà tutto. Oggi non c'erano lettere. Ma, d'altra parte, non poteva che essere così.
Sono già insieme…

Ritorno a casa

Tramonto

La quarta notte

Dio mio, come tutto è finito! In che modo è andato a finire! Arrivai alle nove. Lei era già lì. Come la prima volta, la trovai coi gomiti appoggiati alla ringhiera del lungofiume. E, come allora, non udì i miei passi quando mi avvicinai.
"Nàstjenka!" chiamai, dominando a stento la mia agitazione.
Lei si voltò rapidamente verso di me.
"Ebbene?" disse. "Su, presto!"
La guardai perplesso.
"Avete portato la lettera?" mi chiese, afferrandosi con una mano alla ringhiera.
"Non ho lettere" dissi alla fine.
"Lui dunque non è ancora venuto?"
Si fece terribilmente pallida e mi fissò a lungo, immobile. Avevo appena infranto la sua ultima speranza.
"Dio lo protegga!" esclamò alla fine, con voce spezzata. "Che Dio sia con lui, se mi abbandona in questo modo."
Abbassò gli occhi. Poi volle guardarmi, ma non ne ebbe la forza. Riuscì a trattenersi per qualche altro minuto. Poi però si volse verso il fiume, appoggiò entrambi i gomiti al parapetto e scoppiò in lacrime.
"Basta, basta" presi a dire, guardandola.
Ma a quel punto m'interruppi: che cosa avrei potuto dirle?
"Non consolatemi," disse, sempre piangendo "non parlatemi di lui, non ditemi che verrà, che non mi abbandonata così crudelmente, nel modo disumano come ha fatto. Perché, buon Dio, perché? Forse c'era qualcosa nella mia lettera, in quella mia malaugurata lettera?"
A questo punto i singhiozzi le spezzarono la voce, così come si spezzò il mio cuore a vederla in quello stato.
"È tutto così ingiusto e crudele!" riprese "E neppure una riga, una sola riga! Mi avesse almeno risposto che non ha bisogno di me, che mi respinge… Tre lunghi giorni e nemmeno una riga. Con che leggerezza oltraggia e ferisce una povera

fanciulla indifesa che ha la sola colpa di amarlo! Ah, quanto ho dovuto sopportare in questi tre giorni! Dio mio! Dio mio! Se penso a quando andai da lui la prima volta, a come mi umiliai, ai pianti e alle suppliche per avere da lui non fosse altro che una briciola d'amore! E dopo tutto questo, ma sentite…" disse, rivolgendosi a me con quei suoi occhi neri e lucidi "non può essere così. Non è così, è impossibile. O voi o io ci siamo ingannati. Forse non ha ricevuto la lettera! Forse ancora non sa nulla! Come può essere, giudicate voi stesso, ditemelo, per l'amor di Dio, perché da sola non lo capisco: com'è possibile agire in modo così barbaro e oltraggioso, com'egli sta facendo con me? Neppure una parola! Quando anche con l'ultima creatura di questo mondo, la più misera, si ha più compassione. Che gli sia giunta alle orecchie qualcosa su di me? Che qualcuno gli abbia riferito qualcosa di brutto sul mio conto?"
Più che una domanda il suo era un grido, rivolto a me.
"Ditemi, voi cosa ne pensate?"
"Ascoltate, Nàstjenka: domani stesso andrò da lui a nome vostro."
"E poi?"
"Gli racconterò e gli chiederò tutto."
"E allora, allora?"
"Scrivetegli una lettera. Non rifiutate, Nàstjenka, non dite di no. Così saprà tutto. Lo costringerò ad apprezzare il vostro gesto e se ancora…"
"No, amico mio, no" m'interruppe. "Non una parola di più, non un'altra sola riga da me… Basta! Non lo riconosco più, non lo amo più, io, io, lo dimen..ti..cherò…"
Non riuscì a continuare.
"Calmatevi, adesso. Ecco, sedete qui" le dissi, facendola sedere sulla panchina.
"Sono già calma. È finita, sì, è così… Queste non sono che lacrime, si asciugheranno. O forse temete che io voglia togliermi la vita? Temete forse che voglia gettarmi nel fiume?"
Avevo il cuore gonfio e non mi riuscì di parlare.

"Sentite" proseguì lei, prendendomi la mano. "Ditemi: voi non avreste agito diversamente da lui? Voi di certo non avreste abbandonato a se stessa colei che, spontaneamente, fosse venuta a voi, non le avreste gettato in faccia la vostra irrisione per quel suo cuore debole e stupido! Voi, di questo ne sono sicura, l'avreste trattata bene. Sì, voi avreste pensato che lei era sola, che non aveva con chi consigliarsi, che non sapeva impedirsi di amarvi e che non aveva colpa, che, in definitiva, non aveva nessuna colpa, non aveva fatto niente... Oh, Dio mio, Dio mio."

"Nàstjenka" gridai alla fine, incapace di dominare le mie emozioni "Voi mi straziate, martoriate il mio cuore. Sì, voi mi uccidete, Nàstjenka! Non posso più tacere. Devo parlare, dirvi tutto ciò che divampa nel mio cuore..."

E, dicendolo, mi alzai dalla panchina.

Lei mi prese la mano e mi guardò con stupore.

"Che vi succede?" disse infine.

"Ascoltate" le dissi, in tono deciso. "Ascoltatemi bene. Quello che ora dirò so già che è assurdo, irrealizzabile, una stupida chimera. So che non potrà mai accadere, ma non posso stare zitto. In nome del dolore che vi fa soffrire vi supplico in anticipo di perdonarmi."

"Ma di cosa? Che cosa avete?" disse lei, smettendo di piangere e fissandomi, mentre una nuova curiosità le brillava negli occhi: "cosa vi succede, dunque?"

"È una cosa impossibile, irrealizzabile, ma io vi amo! Nàstjenka, io vi amo. Ecco, ho detto tutto, vi amo..." ripetei, gesticolando con la mano. "Adesso, giudicate voi stessa se potete parlarmi come avete fatto finora. E se potete ascoltare quanto vi dirò..."

"Ebbene, cosa, cosa ne verrà?" m'interruppe Nàstjenka. "Lo sapevo da un pezzo che mi amavate, ma avevo l'impressione che mi amaste così, in un certo modo... Oh Dio, Dio mio..."

"Prima era così, semplicemente, ma ora... Ora vi amo come amaste voi quando andaste da lui col vostro fagottino. Ma ora per me è peggio, Nàstjenka, perché lui allora non amava nessuna mentre voi amate."

"Che cosa dite? Non vi capisco. E poi a che scopo? No, non a che scopo, ma perché proprio adesso, così all'improvviso? Dio mio! Ecco che dico sciocchezze, ma voi..."
Nàstjenka si smarrì del tutto: le sue guance divennero di fiamma e abbassò gli occhi.
"Che fare, Nàstjenka, che posso farci? La colpa è mia: sono io che devo aver abusato di voi. Ma no, non sono colpevole, Nàstjenka. Io lo sento: è il mio cuore a dirmi che non ho colpe, che sono nel giusto. In nessun modo potrei offendervi o umiliarvi. Ero vostro amico e continuo ad esserlo. Non vi ho tradito in nulla. Ecco che anche a me scendono le lacrime, Nàstjenka: che scorrano pure, non fanno male a nessuno. Si asciugheranno, Nàstjenka..."
"Ma sedete, ora, sedete" disse lei, facendomi sedere sulla panchina. "Oh, Dio mio"
"No, Nàstjenka, non mi metterò a sedere. Non posso più restarvi accanto. Già non mi volete più vicino a voi: vi dirò tutto e poi me ne andrò. Voglio solo dirvi che non avreste saputo del mio amore: avrei conservato il mio segreto, custodendolo gelosamente. Davvero non avrei voluto tormentarvi, proprio in questo momento, col mio egoismo. Ma non ce l'ho fatta. Siete stata voi a parlarmene, vostra è la colpa. Io sono innocente e voi ora non potete allontanarmi..."
"Ma no, no! Io non vi allontano" disse Nàstjenka, cercando di nascondere come poteva, poveretta, il suo turbamento.
"Voi dunque non mi scacciate? Ma ero io stesso a voler fuggire da voi. E me ne andrò, non prima, però, di avervi detto tutto. Quando voi avete parlato ed io non riuscivo a stare fermo, e poi quando voi siete scoppiata in lacrime e vi siete afflitta perché (ecco che ora posso dirlo, Nàstjenka) vi hanno respinta, ho provato nel mio cuore un immenso amore per voi. Amore, ma anche tanta amarezza perché, con tutto il mio amore, pure non potevo aiutarvi. E allora mi si è gonfiato il cuore e non ho più potuto tacere, Nàstjenka. Dovevo parlare, Nàstjenka, dovevo parlare!"
"Sì, parlatemi in questo modo" disse Nàstjenka, con un interesse inspiegabile. "Vi sembrerà strano che ve lo dica, ma

vi esorto a parlare. Poi anche io vi dirò tutto, vi racconterò tutto."
"Voi provate pietà per me, soltanto compassione, mia piccola amica. Quel che è perduto è perduto e quel che è stato detto non torna più indietro. Non è proprio così? Voi già sapete tutto. Ma questo è solo un punto di partenza. Va tutto bene. Soltanto, adesso ascoltate: quando stavate lì seduta, in lacrime io pensavo (oh, lasciate che vi dica tutto ciò che pensavo!), io pensavo (e di certo non è possibile, Nàstjenka) che voi forse, che voi in qualche modo, assolutamente assurdo, astratto, non lo amaste più. Allora (lo pensavo già ieri e il giorno prima, Nàstjenka), allora avrei tentato, sì, avrei provato in tutti i modi di farmi amare da voi: giacché voi stessa avete detto, Nàstjenka, che stavate per innamorarvi di me. Cos'altro dire? Solo quello che sarebbe stato se mi aveste amato, nulla di più. Ascoltate allora, amica mia (perché voi, nonostante tutto, restate mia amica): io non sono che un uomo semplice, insignificante e senza mezzi... Ma no, non si tratta nemmeno di questo (deve essere il turbamento che provo, Nàstjenka, a non farmi mai dire quello che devo). Solo che io vi avrei amata in un modo tale che, se anche voi aveste continuato ad essere innamorata di lui, dell'uomo che non conosco, non vi sareste accorta del mio amore, a voler dire che non vi sarebbe stato di peso. Vi sareste soltanto accorta che, accanto a voi, in ogni istante, c'era un cuore riconoscente, palpitante, un cuore che per voi... Oh, Nàstjenka, Nàstjenka! Che cosa avete fatto di me!"
"Non piangete, non tormentatevi in questo modo" mi disse Nàstjenka, alzandosi in fretta dalla panchina. "Su, alzatevi e venite con me. Ma non piangete, non piangete..." continuò, intanto che mi asciugava le lacrime col suo fazzoletto. "Andiamo: ora sono io che forse vi dirò qualcosa. Sì, dal momento che mi ha abbandonata, dimenticandomi, sebbene io lo ami ancora (non voglio ingannarvi su questo)... Ascoltatemi ora, e rispondetemi. Se io, per esempio, riuscissi ad amarvi, se soltanto io... Oh, amico mio! Se penso a quanto vi ho offeso ridendo del vostro amore, a quando vi lodavo

perché non vi eravate innamorato di me. Oh Dio! Come ho fatto a non prevederlo? Come ho potuto essere così cieca, così sciocca... Ma insomma, ho deciso: vi dirò tutto..."
"Sentite, Nàstjenka: me ne vado, mi allontano da voi. Vedete che non faccio altro che tormentarvi. Ecco che ora vi rimorde la coscienza per aver riso di me. Ed io questo non lo voglio, in aggiunta al dolore che già provate. La colpa di questo è solo mia, Nàstjenka. E ora addio."
"Fermatevi ed ascoltate: potete aspettare?"
"Che cosa devo aspettare?"
"Io lo amo. Ma passerà, deve passare, non è possibile che non passi. Sta già accadendo, lo sento... Forse oggi stesso. E sapete perché? Perché non lo posso più vedere. Ha riso di me quando voi avete pianto, qui, assieme a me. Voi non mi avete respinta come ha fatto lui. Perché voi mi amate e lui non mi ama e perché io, anch'io... Vi amo. Sì, vi amo come voi amate me. Ve l'ho detto anche prima e voi stesso l'avete sentito: vi amo perché siete migliore di lui, perché siete più nobile, perché lui, perché lui..."
L'agitazione in lei era così forte che s'interruppe. Poggiò la testa sulla mia spalla, poi sul mio petto e pianse, pianse amaramente. Cercai di consolarla, di persuaderla. Ma il suo pianto non cessava. Stringendomi forte la mano mi diceva tra i singhiozzi:
"aspettate... Ecco, sono calma. Volevo dirvi... Non pensiate che queste lacrime scendano così: è solo un po' di debolezza, ma passerà. Ecco, sono calma, ora."
Smise davvero di piangere. Poi si asciugò le lacrime e riprendemmo a camminare.
Volevo dirle qualcosa, ma lei mi pregò di attendere. Tacemmo. Alla fine fu lei che si fece coraggio e si mise a parlare:
"ecco" cominciò, e la sua voce, debole e tremante, aveva dentro qualcosa che risuonò nel mio cuore aprendovi una dolce ferita "non crediate che io sia così leggera e incostante, che possa dimenticare e tradire così facilmente e in fretta. L'ho amato per un anno intero e giuro, qui davanti a Dio, che

mai, mai in questo anno gli sono stata infedele, nemmeno con il pensiero. Lui ha però disprezzato tutto questo, ridendo di me. Che Dio lo protegga! Ma ha offeso il mio cuore, ferendolo. Ed io, io ora non lo amo più. Perché posso amare solo chi ha un cuore generoso, uno con un animo nobile e che mi capisca. Perché io stessa sono così e lui non è degno di me. Che Dio gli stia accanto! Ma in fondo è meglio così: meglio essere stata ferita ora che vedere più avanti le mie aspettative deluse, dopo aver visto che tipo di uomo fosse realmente. Bene, è finita! Ma come si fa a saperlo?" continuò lei, stringendomi forte la mano. "Come si fa ad essere sicuri? Chissà, forse il mio amore per lui è stato solo un inganno dei sensi, qualcosa nato dall'immaginazione di una bambina, una sciocchezza. O forse fu solo perché ero oppressa dalla continua sorveglianza della nonna. Forse dovevo amare un altro. Non lui, non un uomo simile, ma uno che sappia provare compassione di me e che... Ma lasciamo stare questo" s'interruppe Nàstjenka, ansimando per l'agitazione. "Quello che mi premeva dirvi è che se, malgrado io lo ami, no, malgrado io lo abbia amato, che se malgrado ciò voi dite ancora... Voi sentite che il vostro amore è così grande da riuscire a scacciare dal mio cuore colui che vi albergava prima... Se voi avrete compassione di me e non mi abbandonerete sola al mio destino, senza consolazione né speranza, se mi amerete come ora mi amate allora, ve lo giuro, avrete la mia riconoscenza e il mio cuore. Ed ora, accettereste la mia mano?"
"Nàstjenka" esclamai, soffocato dai singhiozzi. "Oh, Nàstjenka, mia dolce, cara Nàstjenka!"
"Ora, basta, davvero" prese a dire lei, facendosi forza. "Tutto è già stato detto, non è così? Voi siete felice e lo sono anch'io. Non una parola di più su quest'argomento. Parliamo d'altro. Risparmiatemi, per l'amor di Dio..."
"Sì, Nàstjenka, la smetto. Ora siamo entrambi felici. Parliamo d'altro, sono pronto..."
E non sapevamo di che parlare: si rideva, si piangeva, ci dicevamo ancora mille parole, senza nesso e senza senso. Ora

camminavamo sul lungofiume, ma ecco che subito tornavamo sui nostri passi e ci mettevamo ad attraversare la strada. Poi ancora ci fermavamo, di nuovo diretti verso il fiume. Eravamo come due bambini...

"Ora vivo da solo" dissi io, infine. "Domani però... Di certo avete già capito che sono povero. Non ho che in tutto milleduecento rubli, ma questo non ha importanza."

"Certo che non ne ha. E poi mia nonna ha la sua pensione. Non ci sarà di peso. Bisognerà tenere la nonna con noi."

"Sicuro, la prenderemo con noi. Soltanto, ecco, c'è Matrëna..."

"Vero, e noi abbiamo Fëkla."

"Matrëna è buona, ma ha un grande difetto: non ha immaginazione, assolutamente nessun briciolo di fantasia. Ma, in fondo, neppure questo ha importanza."

"Fa lo stesso: possono vivere assieme. Domani stesso vi trasferirete da noi."

"Già domani, da voi? Bene, sono pronto..."

"Sì, starete da noi, nel mezzanino che abbiamo al piano di sopra. È vuoto. C'era un'inquilina, una signora vecchia e distinta, ma è andata via. Ora la nonna lo vuole affittare ad uno giovane. Le ho chiesto: 'perché a un giovane?' E lei mi ha risposto: 'perché sto invecchiando. Ma tu non credere, Nàstjenka, che io voglia trovarti un marito.' Ha detto proprio questo, ma io avevo subito intuito le sue intenzioni."

E scoppiammo tutti e due in una risata.

"Basta, lasciamo stare la nonna: ditemi, piuttosto, dove abitate? Non me lo ricordo."

"Laggiù, presso il ponte N***, nella casa Barànnikov."

"È una casa molto grande?"

"Sì, è grande."

"Allora la conosco: è una bella casa. Voi, però, dovrete lasciarla al più presto e trasferirvi da noi."

"Domani stesso, Nàstjenka: devo ancora qualcosa di affitto, ma si tratta di poco. E poi presto mi arriverà lo stipendio..."

"E, sapete, io potrei dare delle lezioni. Sì, imparerò e poi darò lezioni."

"Splendido! Ed io, presto, avrò una gratifica, Nàstjenka..."
"E così domani diventerete il nostro inquilino."
"Sì, e andremo a vedere il *Barbiere di Siviglia*, perché presto lo ridaranno."
"Sì, ci andremo" disse Nàstjenka, ridendo "o forse no, meglio se non andremo a sentire il *Barbiere*, ma qualcos'altro."
"Qualche altra opera, allora. Meglio così, non ci avevo proprio pensato..."
Così dicendo camminavamo come due bambini nella nebbia, come se non sapessimo cosa fare o quanto ci stava accadendo. Ci fermavamo in un luogo nuovo e stavamo lì a chiacchierare, per poi riprendere a camminare verso Dio solo sa dove. E qui ancora risate e nuove lacrime...
D'improvviso Nàstjenka volle tornare a casa. Non osai trattenerla ancora, ma volli accompagnarla. Ed ecco che, un quarto d'ora dopo, ci ritrovammo sul lungofiume, vicino la nostra panchina. Lei sospirò e nuove lacrime le inumidirono gli occhi. Per un attimo mi spaventai, fui sul punto di scoraggiarmi. Ma lei mi strinse forte la mano e mi trascinò di nuovo a camminare e a discorrere...
"È ora, adesso, che vada a casa: dev'essere molto tardi" disse infine Nàstjenka. "Su, basta comportarsi come dei bambini."
"Sì, Nàstjenka, ma non riuscirei a dormire per cui non tornerò a casa."
"Anch'io credo che non riuscirò a prendere sonno. Accompagnatemi, allora..."
"Sicuro!"
"E questa volta andremo per davvero fino a casa."
"Certo, a casa."
"Parola d'onore? Perché è davvero ora di rientrare."
"Parola d'onore!" risposi, ridendo.
"Andiamo, allora..."
"Sì, andiamo. Ma osservate il cielo, Nàstjenka, guardate! Domani sarà una giornata meravigliosa: che cielo sereno, che luna! Osservate quella nuvola gialla: sta per coprirla. No, ecco che le passa accanto, la sfiora soltanto. Guardate, su, guardate!"

Ma Nàstjenka non guardava la nuvola. Restava in silenzio, come impietrita. Poi, intimorita, si strinse forte a me. La sua mano, chiusa nella mia, iniziò a tremare. La guardai e allora si appoggiò a me ancor di più. In quel momento ci passò accanto un giovane. Si fermò all'improvviso, fissandoci, prima d'incamminarsi di nuovo. Il cuore mi prese a battere forte.

"Nàstjenka" dissi sottovoce. "Chi è, Nàstjenka?"

"È lui" mi rispose in un sussurro.

Tremava e continuava a stringersi a me, ma anch'io, a quel punto, mi reggevo a stento in piedi.

"Nàstjenka! Nàstjenka! Ma sei tu!"

Si sentì una voce, dietro di noi.

Quando mi voltai vidi il giovane fare alcuni passi verso di noi.

Dio, che grido! Come fremette! E come si strappò dalle mie braccia per volargli incontro!

Come inchiodato al suolo, li guardavo, del tutto annientato.

Dopo avergli dato la mano e dopo essersi gettata tra le sue braccia, si voltò verso di me e mi raggiunse, veloce e leggera come un turbine di vento. Senza darmi il tempo di riavermi, mi si strinse al collo con entrambe le mani e mi baciò con tutto il suo impeto giovanile.

Poi, senza neppure dirmi una parola, si precipitò di nuovo verso di lui, lo prese per mano e lo trascinò via con sé.

Rimasi lì fermo a lungo, a seguirli con lo sguardo.

Alla fine scomparvero entrambi ai miei occhi.

Parco d'autunno

Il mulino sul fiume

Il mattino

Le mie notti finirono al mattino. La giornata era brutta. Pioveva, con la pioggia che batteva tristemente sui vetri della mia finestra. La mia stanza era buia ed era grigio anche il tempo fuori. La testa mi faceva male e sentivo la febbre propagarsi nelle membra.
"Una lettera per, te, bàtjuška. Viene dalla città: l'ha portata adesso il postino" disse Matrëna.
"Una lettera! E di chi?" esclamai, alzandomi di scatto dalla sedia.
"Non lo so, bàtjuška. Guarda, forse c'è scritto chi la manda..."
Ruppi il sigillo. Era di lei.
"*Oh, perdonatemi! Perdonatemi!* Mi scriveva Nàstjenka. *Ve ne supplico in ginocchio: perdonatemi! Ho ingannato voi e me stessa. È stato un sogno, una visione... Oggi mi sono consumata pensando a voi. Perdonatemi, perdonatemi! Non mi accusate, perché niente è cambiato in me nei vostri confronti. Ho detto che vi avrei amato ed anche ora vi amo, di un sentimento più profondo dell'amore. Oh Dio! Se potessi amarvi tutti e due insieme. Oh, se voi foste lui!"*
"Oh, se lui fosse voi!" mi tornò subito in mente. Non ho dimenticato le tue parole, Nàstjenka.
"Dio solo sa che cosa farei per voi. So che vi sentite offeso e triste. Sì, vi ho offeso. Ma non si ricorda a lungo un'offesa quando si ama: voi lo sapete. E voi mi amate! Vi ringrazio. Sì, vi ringrazio di questo amore. Perché è impresso nella mia memoria, come un dolce sogno che si ricorda a lungo, anche dopo il risveglio. Eternamente ricorderò quell'istante in cui, come un fratello, mi apriste il vostro cuore. E con quale generosità avete preso in custodia il mio, afflitto, per curarlo e guarirlo. Se mi perdonerete, il ricordo di voi sarà elevato in me da un sentimento di eterna riconoscenza che mai, mai

scivolerà via dalla mia anima. Conserverò questo ricordo e gli sarò fedele, perché non si può tradire il proprio cuore. Io non tradirò il mio cuore, troppo costante nell'amare. Anche ieri, con quale velocità è ritornato a colui al quale è legato per l'eternità. Noi c'incontreremo di nuovo. Verrete da noi: sarete il mio amico e il mio fratello. E quando mi vedrete mi darete la mano, sì? Mi avete perdonato, non è vero? Mi amate ancora come prima? Oh, amatemi, non mi abbandonate! Io vi amo ancora tanto e sono degna del vostro amore, perché lo merito... Mio caro amico. La prossima settimana lo sposerò. È tornato innamorato: non mi aveva mai dimenticata. Non offendetevi se vi scrivo di lui. Ma voglio venire da voi assieme a lui. Voi gli vorrete bene, non è vero? Pertanto perdonate, ricordate ed amate la vostra Nàstjenka"

Più volte lessi quelle righe: le lacrime mi scendevano copiose ed alla fine la lettera mi cadde dalle mani. Mi coprii il viso, scosso dai singhiozzi.

"Bàtjuška! Ah, padroncino mio!" iniziò a dire Matrëna.

"Cosa vuoi, vecchia?"

"Ho tolto quella grande ragnatela dal soffitto. L'ho tolta tutta. Ora puoi anche sposarti, invitare ospiti: sarebbe il momento giusto..."

Guardai Matrëna: era sempre in gamba, la mia *giovane* vecchia. Eppure, chissà perché, mi sembrò che avesse lo sguardo spento e il viso coperto da rughe. Mi sembrò curva e decrepita.

E, chissà mai perché, ebbi l'impressione che tutta la mia stanza fosse invecchiata assieme a lei. Le pareti, il pavimento: tutto mi sembrò sbiadito, offuscato. Di ragnatele ce n'erano ancora e più di prima. Chissà perché, quando guardai fuori dalla finestra, anche la casa di fronte mi sembrò vecchia e decrepita, mi sembrò che gli stucchi alle colonne si fossero screpolati e che fossero caduti, che i cornicioni si fossero anneriti e sgretolati, che i muri, prima di un giallo vivace, si fossero ricoperti di macchie di muffa.

Forse un raggio di sole, che prima aveva fatto capolino da dietro le nubi, si era di nuovo nascosto dietro una nuvola carica di pioggia, offuscando tutto ai miei occhi. O forse a balenarmi davanti, come un'immagine sgradita e triste, era la prospettiva della mia vita futura. E mi vidi nella stessa condizione di adesso, quindici anni dopo, invecchiato nella stessa stanza, assieme a Matrëna a cui tutti quegli anni non avevano aggiunto nulla in quanto a intelligenza.
Ma come potrei serbare rancore per la tua offesa, Nàstjenka? Come potrei oscurare, anche con una nube soltanto, la tua felicità serena e tranquilla? Né voglio angosciare il tuo cuore, offenderlo con amari rimproveri, costringerlo a battere di ansietà nel tuo momento di beatitudine. Che non si sciupi nemmeno uno di quei teneri fiori che hai intrecciato ai tuoi capelli neri, portandoli con te sull'altare dove lui era lì ad attenderti.
Oh, mai! Questo mai! Che sia chiaro il tuo cielo, luminoso il tuo sorriso. Che tu sia benedetta, infine, per l'attimo di beatitudine e felicità che hai donato al mio cuore solitario e grato.
Dio mio! Un attimo di completa felicità. È forse poco, nell'arco di una vita intera?

Tramonto

Sole d'inverno

Curiosità sull'autore

Una famiglia sfortunata

Dostoevskij nacque in una famiglia benestante, che vantava origini nobiliari. Il padre, Michail, era un medico militare molto severo con diverse proprietà terriere, mentre la madre, di carattere ben più accomodante, era figlia di ricchi commercianti. Nonostante l'agio economico però, il futuro scrittore non ebbe una vita familiare particolarmente piacevole: la madre morì giovane di tisi, mentre il padre, diventato alcolista, venne ucciso in circostanze poco chiare, forse per mano dei contadini a cui aveva dato in gestione i suoi possedimenti (e che, a quanto pare, trattava malissimo).

Inizi stentati

Costretto dal padre a studiare ingegneria militare, Dostoevskij seguì controvoglia il percorso accademico, pur riuscendosi ad ottenere il diploma. Quando seppe della morte del padre, venne colpito da una crisi di epilessia, condizione che ciclicamente lo avrebbe accompagnato per il resto della vita. Tuttavia, nonostante la salute cagionevole e le pessime condizioni economiche, causate dalla tragedia familiare, il giovane Fëdor decise di dedicarsi alla sua vera passione, la scrittura, e nel 1843 cominciò a lavorare alla sua prima opera, *Povera gente*, che venne apprezzato dalla critica.

Salvo per un pelo

Ingranata la carriera di scrittore, Dostoevskij non si limitò mai a chiudersi in uno stanzino per vergare i suoi capolavori lontano dal mondo esterno. Anzi, fu un bello scavezzacollo! Nel 1849 venne addirittura arrestato perché ritenuto colpevole di aver partecipato ad alcune riunioni di sovversivi per tramare contro il regime dello zar. L'accusa era molto grave e venne condannato a morte. Per sua fortuna la pena venne revocata, lo scrittore si era però preso un bello spavento: la notizia dell'annullamento dell'esecuzione gli fu data quando si trovava già sul patibolo, pronto per essere fucilato!

Matrimoni e gelosia

Come molti personaggi della Storia, il Dostoevskij "privato" non fu tanto grande quanto il Dostoevskij "scrittore". Uomo dai molti vizi, fu ad esempio un marito tutt'altro che perfetto per le sue due mogli, Mar'ja Dmitrievna Isaeva (la prima) e Anna Snitkina (la seconda). Con Anna in particolare Dostoevskij si dimostrò particolarmente geloso e autoritario, ai limiti della paranoia, tanto da costringerla a vestirsi male, a non truccarsi e non sorridere ad altri uomini.

Il gioco

Uno dei grandi problemi della vita di Dostoevskij - affrontato più volte anche nei suoi romanzi - fu la febbre del gioco d'azzardo. Più di una volta infatti lo scrittore si ridusse sul lastrico a causa di debiti contratti alla roulette. Una volta fu perfino costretto a vendere le fedi nuziali, tanto era irresistibile per lui l'adrenalina dall'azzardo.

Fjodor Dostoevskij da bambino

Una sera d'inverno

Paesaggio di campagna

Frasi celebri dell'autore

L'amore è un tesoro così inestimabile che con esso puoi redimere tutto il mondo e riscattare non solo i tuoi peccati ma anche i peccati degli altri

C'è da meravigliarsi, a considerare quanto può influire un solo raggio di sole sull'anima di un uomo!

A tutto si abitua quel vigliacco che è l'uomo

Un dolore autentico, indiscutibile, è capace di rendere talvolta serio e forte, sia pure per poco tempo, anche un uomo fenomenalmente leggero; non solo, ma per un dolore vero, sincero, anche gli imbecilli son diventati qualche volta intelligenti, pure, ben inteso, per qualche tempo

Nell'amore astratto per l'umanità quasi sempre si finisce per amare solo sé stessi

Quanto bene fa all'uomo la felicità! Sembra che uno voglia dare il suo cuore, la sua gioia. E la gioia è contagiosa!

Perché avremmo una mente se non per fare a modo nostro?

La seconda metà della vita di un uomo è fatta di nient'altro che le abitudini che egli ha acquisito durante la prima metà

Un essere che si abitua a tutto: ecco, penso sia la migliore definizione che si possa dare dell'uomo

La paura del nemico distrugge il rancore verso di lui

Se ogni cosa sulla Terra fosse razionale, non accadrebbe nulla

La pietà è la legge principale, forse l'unica vera legge dell'esistenza umana

Non la forza, ma la bellezza, quella vera, salverà il mondo.

Printed by Amazon Italia Logistica S.r.l.
Torrazza Piemonte (TO), Italy